熊はどこにいるの

木村紅美

河出書房新社

熊はどこにいるの

リツ

夕方の県内ニュースに耳を澄ませた。

M市の国道沿いのショッピングモールで保護された推定四、五歳の男児にかんするものだ。

白いパジャマにスニーカーを履き、おもちゃ屋をうろついていて万引き現場を取り押さえられた。名前を尋ねても答えず、どんな質問にもだまっている。リュックサックには水筒とハンカチが入っていた。身元を示すものはなかった。お金もない。どこからどう来たのか、だれに連れてこられたのか、店内と駐車場に設置された防犯カメラに手がかりになる光景は映っておらずなにもわからない。

道端に車を停め、情報提供の呼びかけを聞いた。携帯を取りだし、アナウンサーがくり返す電話番号を入力した。顔も名前もわからなくても、服装と所持品からして、そうとしか思えなかった。あの子の持ち物からは、先月、ピクニックへ出かけたときに使ったリュックが消えていて、中には、洗って乾かした水筒とハンカチが入れっぱなしだったはずだ。

ひとまず生きていてくれてよかった。ほっとしながら、何度か携帯の発信ボタンを押そうとしては指がふるえ、膝に置き、まもなくラジオはなつかしのシティポップス特集へ移った。外は陽が落ちて暗くなってゆく。

きのうの朝、眼ざめたら、アイと挟んだ真ん中の布団から、あの子はいなくなっていた。水色のタオルケットも、夏が終りに近づき新しく増やしてやった掛布団も蹴飛ばされてねじれ、枕カバーには、焦げ茶の絹糸めいた髪の毛が三本、抜けて貼りついていた。ぬくもりはもう消えていて、夜が明けるまえに出て行ったのかもしれなかった。リツはいつ以来か、ひさしぶりに深く長く眠っていたせいで物音に気づかなかった。アイも同じだったらしい。

もしや、家出？　まえから、やれそうなときを狙っていたとか？

アイは半泣き声で呟き、リツも、同じ文句が浮んでいたものの認めたら足もとから崩れ落ちそうで、手の込んだ隠れんぼのつもりじゃないでしょうね、とぶっきらぼうに返した。

玄関からスニーカーがなくなりドアは鍵が外れていた。丘のうえに残っている靴跡は辿れた。緑の絨毯を作るクローバーやオオバコが踏まれていた。そこから、空き家だらけの集落へ降りてゆく舗装された坂で、靴跡を見失った。平屋の多い空き家はどこも、軒さきまで届きそうに周囲の草木が生い茂っている。ドアも雨戸も閉め切られ、たまに窓硝子の割れた家がある。熊よけの鈴を鳴らし内部を覗きこんでも、せいぜい、狸《たぬき》や狐《きつね》くらいしか身を潜めていそうな気配はなかった。

家の裏手に広がる森のなかも捜した。奥へつづく沢に沿って歩く。ユキ、ユキ。休みなく鈴を鳴らしながら、リツは時々、ズボンのポケットに入れた熊撃退用スプレーボトルの感触をたしかめた。いくら、ふたりで名前を呼び歩き回っても、出くわすのは羚羊《かもしか》に鹿、鼬《いたち》ばかりで、眼が合うなり逃げ去る。そちらには靴跡が見当たらなかった。

それから、今日にかけてずっと、行けるところまで車を走らせてはあの子らしい人影を捜した。家出のうえに誘拐されたのだろうとしか、リツには考えられなくなっていった。

二月に亡くなったフミ先生が、もとは俗世間におけるあらゆる暴力から逃げてきた女たちを匿《かくま》い、平穏に共同生活を送るために私財をなげうって建てたのが、丘のうえの家だった。住民は、いまは、五十四歳のリツと五十歳のアイだけになっていた。冬を除き、畑で野菜を作る。ひと月にいちど、車で二時間かかるリサイクル古着の倉庫へ出かけては、めぼしい品を選んで持ち帰り洗ってほどき、先生が遺した型紙をもとにぬいぐるみに仕立てなおす。すべて一点もののそれらをウェブサイトで販売し、ささやかな収入を得ている。

カーラジオを止め、携帯の履歴をひらいた。アイの待つ家の電話にかけるまえに向うからかかってくる。

姉さん、あの子、見つかったみたい。いま、テレビのニュースで。

アイの声はぐずついているのに、リツは、涙など一滴もこみあげてきそうになかった。お店でものを買う、という仕組みはあの子には教えたことがない。おもちゃに手が伸びたのは、勝手に取っていいものだとしか考えられなかったせいだろう。いま、わたしもラジオで聞いて、言おうとしたところだった。よかったね。こわばるのをこらえ返しながら、早めに捕まったのは幸いで、いずれ、名前くらいは明かすかもしれないが、どうか、いままでの居場所につながる情報は漏らさないでほしい、と願った。こんな気持は妹分には言えない。

あそこ、新しく建ったばかりですよね。たぶん、古着の倉庫から三十分くらい？　いったい、どうやって辿りついたんでしょう。

アイがはなをかんで呟き、リツは、考え考え応じた。

知らない車に乗せられでもしたのかな。きっと、怖かったね。

七時に帰宅するとアイは腕を広げ抱きついてきて、リツは玄関でよろけた。パソコンをひらき、もういちど、ニュースについて調べた。ラジオで聞いた内容に、背丈や体重、髪は肩まであり二重瞼《ふたえまぶた》、くちびるの右下にほくろあり、といった特徴が追加されていた。ますます、まちがいない。

アイは早速、問い合わせさきに電話した。つながりにくいようで、リツも携帯からかけた。全国に、同じ条件で行方不明になっている男児が何人もいるとも思えないのに呼び出し音にすらならない。回線が大変混みあっております、という案内をくり返し聞いた。

九時すぎにようやく、アイのほうが児童福祉課の職員とつながった。いざとなると言葉に詰まったらしい。リツを窺い、通話を保留すると、あの、いったい、どう言えばいいんでしょう、まぬけにも尋ねてきた。そちらで預かっているという、なにも名乗らない子は、たぶん、わたしの知っている子です、おとといまでいっしょにいました。四歳と八……、いえ、九ヶ月。そんな感じで、いいんでしょうか。

よいわけがなかった。リツは苛立ちだまってアイを睨み、いったん切るように仕草で促した。アイは通話を再開し、すみません、かけまちがえました、弁解し子機を耳に当てたまま頭まで下げ、切るなり、どっと疲れたらしくソファに座りこんだ。パジャマの子、ほんとうにユキなのか、たしかめたいんですけど。アイは眼もとをおおい、呟いた。どうしたら、ひとめ、会えるんでしょう。

向うは、帰りたいのかな。ここへ。

リツがぼそりと漏らすと、アイは怯《おび》えの浮んだ瞳をリツへ向けた。え、いま、なんて？

帰りたいのに、決まってるじゃないですか。

アイは、決まってますよ、と言い張って再び、うなだれ啜り泣き始めた。ちがう、出て行ったのだ。帰らないほうがいいのだ。リツは鬱陶《うっとう》しさを抑え、しかたなくアイをなぐさめた。

そりゃ、わたしだって、心のうちでは、ここへ帰りたいのだろうなって考えてるよ。いまは、知らない町で知らない人たちに囲まれて、一時的に失語症みたいになっているのかもね。

うちの住所……、教えてませんしね。

とりあえず、無事で、安全に守られていて、温かい食事にありつけているのなら、よかった。わたしも、全身の気が抜けた。面会を申し込む方法は、これから相談しましょう。

今夜は電話がつながりにくかったけど、明日からはましになるでしょう。

　話しあっているうち、おなかが鳴った。アイにも聞えたようでこちらを見た。空腹を幾度も通り越してきたのに、ずっと、気づいていなかった。なにか食べなきゃ。リツから言って台所へ入った。

　行方をくらます前夜に炊いた残りのごはんが冷蔵庫にあって、鍋にあけた。つきあいのある牧場から配達される仄《ほの》かに草の香りのする牛乳を注ぎ、とろ火にかけた。木べらでごはんをほぐす。蒼ざめてみえる牛乳に、もっと明るくまろやかな白をした粒がくっつきあいはなれ、浮き沈みし柔らかくなってゆく。

　牛乳といっしょに届いた黄身の濃い卵を溶いて回し入れ、さらにゆっくり混ぜた。金色にかがやく筋がうずを巻き広がっていって、すべてが淡い黄に染めあげられ、塩胡椒をふった。特上のチーズもすりおろした。はらはらと舞うチーズは雪と似ていて、あの子が初めてここへ連れてこられた吹雪《ふぶき》の夜明け、先生がこの洋風おじやを作ってくれてみんなで食べたのを思い出した。

　いつ、戻ってきてもいいように、片づけましょう。だれよりも自分を鼓舞する風《ふう》に言って立ちあがったアイを、リツは止めた。

　このままのほうが、気配を感じない？

　そうですか？　……そう、ですね。そうしましょう。

　リツは初め、ユキのためのおもちゃを、みずから狩った鹿の角や骨、野の花や木の枝に蔓《つる》や実、紙や古布、着なくなったセーターをほぐした毛糸、拾ってきた鳥の羽根や葉っぱを材料に作っていた。ここにいる限り、天然素材のものしか与えたくなくて先生と話しあい押し通した。ある時、アイは裏切り、中古のプラレールを入手してきた。ユキはたちまち魅入られ、アイは、さらに長く長くつながってゆくパーツを追加で与え、走る電車の種類も増え、中国製らしく思える明るい空色の線路はいつからか家の一階も二階も壁に沿い張り巡らされている。

ミニカーを沢山与えたのもアイだ。見回したら、あちこちに、手のひらに載るサイズの消防車やクレーン車、ごみ清掃車、といったものが転がっている。どれにも指紋がこびりついていて、乾いたよだれの痕もあるだろう。ユキは、たしかにここにいた。

食事のあと、放心したままのアイの代りに皿洗いまですませ、リツから浴室へ入った。いままでに何度か、いつか、このような事態が来る日を空想したことがあるのを思い出した。そのさきは、考えていなかった。もとから、自分たちの手には負えない子なのはわかっていた。

珍しく貧血が起き、しゃがんで湯船の縁に摑まった。ぬるめのシャワーは容赦なく天辺《てっぺん》から降り注ぎ顔を濡らし肩を伝い落ちる。

意識が戻るとまばたきし、隅っこの排水口へ吸いこまれるお湯の流れを見つめた。自分と、アイのものに交ざって、あの子の髪らしい毛が絡まったままであるのに気づいた。大人のは取り除いて捨ててティッシュペーパーにならべた。八本あったのをアイに見せた。

これ。いまになって気づいた。汗をかいたのに、きのうもおとといも、お風呂、入り忘れたからね。

嬉しい、枕にあったのと合わせて、わたしが貰っていいですか。

リツは頷き、あの子の指のあぶらが沁みこんでいると感じる木製の手すりに摑まり、階段をのぼり始めた。

連れてこられてしばらくは、上りも下りも、ちっちゃくて非力なのを抱っこしていた。自力でよちよちと這いあがれるようになっても、当分は転げ落ちないよう、すぐうしろからついていって見守り、降りるときは抱っこだった。歩けるようになっても何ヶ月かは這いあがり、しだいに、手すりに摑まり一段ずつのぼるようになり、降りるのも、かならず手をつながなければ足を踏み外し大怪我になりそうだった状態から着実に抜け出していった。

ついには、だれの力も借りずひとりで降り、外へ旅立つまで、日々、自分は成長につきあっていたことがふいに眼が眩《くら》みそうにあざやかに思い出され、冷えた手のひらに、つないだ手のぬくもりがよみがえった。ふり切ってのぼった。

つづいてアイが浴室へ入る気配がする。リツは、床下から響く水音を聴きながら、暗いままの寝室の窓から外を眺めた。丘の下には、かつて、ちいさな集落に挟まって水田が広がっていた。何年もまえから手入れする人がだれもいなくなり、帰化植物の蔓延《はびこ》る荒野となった田んぼは、いまは深い闇の底へ沈み、その向うの、やはり黒く闇に溶けた山のうえには、天の川が銀白に霞み流れ落ちてゆくのがみえ、虫たちの声が高らかに響く。ふり返ると全員の布団が敷きっぱなしだ。さすがにユキのものは片づけることにした。シーツを剝ぎ、いなくなる前夜、ふだんより早めに寝入ったのを思い返していると、タオルで髪を巻いたアイがやって来た。

まともな人に、拾われたならいいのですけど。電車や新幹線の本物は見たでしょうか。せめて。

寝ましょう。明日、考えましょう。

リツは布団に入ると、アイに背を向け丸まった。空がまだ暗いうちに自分たちを起こさぬよう息を止め、リュックを背負い庭へ走り出していったユキの、おなかと背中がくっつきそうに痩せたシルエットをまなうらに描いた。ひとりで勝手に坂を降りたら駄目、森へ入るのも駄目、とこの家のだれよりも厳しく、折に触れ言い聞かせてきた。丘の周りは、森はもちろん、だれも住まなくなった家の陰にも大きくて悪い熊たちがいる。ひとりでいるのを見つかったら、ぜったいに捕まえて骨ごとばりばりと嚙み砕き食べてしまうよ。とっても、痛い痛い、だよ。

ところが、親しんできた絵本やアニメに登場する熊たちは、大抵、お人よしなのに決まっている。おそいかかるふりをみせたとしても子どもの腕力で投げ飛ばされるから、牙を剝くイメージは持っていなかったかもしれない。むしろ、遭遇するのを期待し丘を降り、緑に包まれた廃屋を好奇心いっぱいで見つめる。薄明るくなってきても女たちは追ってこない。赤とんぼたちの舞い始めた、無限に広くて吸いこまれそうな空を見あげ、深呼吸する。

自由を味わい気ままに歩いているうちに、その姿を眼に留めて車に乗せてくれただれかに、声を出せなくなるような乱暴を人知れず受ける。裸にして性器を傷つけられる。そこで想像は止まり、叫びだしそうになってこらえた。そんな目に遭っていないとは言い切れなかった。自分は、血を流させるようなことは、しなかった。枕に伏せじっとしていると、唸《うな》るような嗚咽《おえつ》が伝わってくる。

寝返りを打ち、アイのほうを見た。ユキの布団のぶんがあいた青っぽい闇の向うで、アイもリツに向って背中を丸めふるえているシルエットを摑める。

ねえ、無事なのはわかったんだから。もう泣かないで。楽しかったことを思い出そう。ユキは、わたしたちの耳たぶをさわりながら寝るのが好きだったね。

わたし、おしおき……、引っぱられて痛くて、ちょっとつよめにさわり返して、大泣きされました。するんじゃなかった。一歳のときでしたけど。

忘れてるよ、きっと。リツは掠《かす》れる声で囁き返し、またアイに背を向け丸まった。アイはアイで、自分のせいで出て行かれた気がしているのだろうか。やがて、向うの嗚咽はおさまり、鈴虫や蟋蟀《こおろぎ》たちの声が弱まっていった。窓の外を満たしていた闇は、水が注がれてゆくみたいに藍色に澄み始めた。明け方頃にやっと、リツは浅い眠りへ落ちた。

ヒロ

リツがラジオで耳にしたのと同じニュースを、ヒロは、男児が発見されたショッピングモールと同じ国道沿いに建つホテルの従業員控え室で知った。夜勤のため、自分で作ってきた弁当を食べ始めたところだった。魚肉ソーセージのケチャップ炒めを箸でつまんだ時に、アナウンサーが眉を曇らせ原稿を読みだした。

白いパジャマ姿でおもちゃを盗もうとして、捕まった。名前は言わず、家のありかも、保護者にあたる人物の名も連絡先もわからなくて身元不明。ねぇ、ここ、近いよ。テーブルを挟み座って携帯をいじっている、もうひとりの夜番の後輩に声をかけた。テレビを指さしてみせたら、後輩は太く描いた眉毛を動かし黒眼がちの瞳を向けた。あ、ほんとだ。きのうも、買い物、行きました。ブーゲンビリアっぽいピンクの口紅を塗ったくちびるから気のぬけた返事が漏れ、液晶へ視線を戻した。

ヒロは、再びテレビに見入った。画面の下に、情報提供を求める電話番号とメールアドレスが流れた。

男児の推定年齢は、サキについての記憶を呼び起こした。他のおかずに箸を伸ばすうち、テレビは次の話題へ移った。男児の件は扱いが地味そうだった。

なんらかの事情で出生届を出されることなく家に閉じこめられ育った子が、外界へさ迷い出たらしくも思えた。いつだったか、週刊誌で読んだ、スーパーのトイレへ面識のない幼女を連れこみスカートをぬがせようとして捕まった十七、八歳くらいの少年がそうだった。戸籍がない、ということは、学校へ通わず、体調を崩した際に病院へかかることもなく、いちども予防接種を受けないでそこまで育ったわけで、よほど丈夫に生まれたのだろうと妙に感心した。あるいは、誘拐され監禁されていた子が逃げだした。なりゆきはいずれ判明するだろう。


五年まえ、ヒロは、現在住んでいるM市から南東へ車でも電車でも二時間かかる、太平洋沿岸の町にいた。近辺で一軒きりのビジネスホテルに住みこんで働いていた。ひと回り年下にみえる元美容師のサキとは、たまに、屋台村のキッチンカーのカフェで会っては、お喋りを交わす間柄だった。トレーラーハウスを改装しテーブル席やソファまでも備えた店で、よくレゲエが流れていた。向うは、職探し中、と話したり、北限の椿油を搾る工房でバイトを始めた、などと言っていた。最後に居合わせたのは七月の終りだ。通りかかったら、窓越しに、頰杖をついた横顔がみえた。体調のせいもあり、ああしていることが多かったのだといまにして思う。

タラップをのぼって店内へ入り、会えた嬉しさを隠しきれず挨拶したはずだ。向うは、

いつもの通り、ゆったりとしたデザインのワンピースを着ていた。おなかは、大きくなっているようにみえた。妊娠しているのだとしたら、よそものの自分は知らないだけで結婚しているのだろうし、肥満の可能性もあった。サキはヒロにほほえみ返すと、ストローを咥《くわ》えグラスの中身を飲み干した。色あいから自家製赤紫蘇ジュースだとわかった。

今日も、爪、綺麗ね。ペパーミントグリーンに塗られ磨かれているのに見とれて口走ったヒロに、サキは、誇らしげに笑って十本の指をひろげてみせた。かごバッグでおなかを隠すように持ち立ちあがって会計をすませた。カウンターに、県立美術館で開催中の展覧会のチラシが置かれていた。サキの視線は、チラシに印刷された、薄青い衣をまとってうつむくシスターのモナリザに似たくちびるの辺りを泳いでいた。ヒロは、ソファ席から、押しつけがましくならないよう話しかけた。

絵、見るの、好きですか。

あ、いえ、まあ。好き、ですね。

それ、都合が合えば、いっしょに見に行きませんか。素敵そうな企画展ですよ。

次の仕事のシフトが決まると思いきって誘った。地元民の向うは車を持っているものの長距離の運転はしない、と話していたから、自分がレンタカーを借りて行きも帰りも走らせてもいい、ドライヴは大好きだから苦にならない、ともつけ加えた。

返事は遅くてやきもきした。打診した日の朝になってやっと、行けません、とだけメッセージが届き、余計な気を遣わせたみたいで申し訳なくなった。サキはヒロにとって、惹

きつけてやまないなにかを秘めていた。いつでも、肌が均質になめらかにみえる手の込んだ薄化粧を施し、背中までありそうな栗茶の髪は、ひとつに編んだりお団子状に結ったり、アレンジが凝っていた。身なりにまるでかまわない自分とは正反対の華やかさだ。それなのに、全身から、ぬけがらと化した虚ろさを漂わせていた。

けっきょく、美術館へはひとりでバスで行った。次にサキと出くわしたら、互いに気まずい思いを味わいそうな気がして、屋台村のカフェに寄ることはなくなった。十一月の半ばに入りメッセージが届いた。

夜分に失礼します　お願いがあって来てもらえるでしょうか　寝てたらごめんなさい

零時になる頃だ。なにが起きたのだろうと胸がさわいだ。

すぐさま電話をかけた。つながらなかった。事情は訊けないまま、行きます、と返信を送った。着替えているうちに家までの道順を記した追伸が届き、車の免許、持ってきてね、とも来た。ポシェットに、保険証なども入った財布を押しこめた。ホテルの半地下にある部屋から、従業員専用の駐車場をぬけ外へ出ようとすると、宿直室の警備員と眼が合う。ヒロが、流星群を見にこの時間に出ていったのはまえにもあったことだから、気をつけてくださいよ、と送りだされた。

懐中電灯を手にだれもいない舗道を歩き、背高泡立ち草と薄《すすき》のさざめく荒野、その向うにどす黒く広がる海を背に、高台へ向って坂道をのぼり始めた。砕け散る潮鳴りが遠くなってゆく。汗ばんで顔をあげると坂はまだえんえんとつづき、スニーカーの紐を結びなお

し、また歩きだした。

廃屋か留守か、寝しずまっているのか区別のつかない、暗い家ばかりの住宅街に入った。メッセージに記された道順を頼りに、瓦屋根の二階家と平屋が、実が鈴なりの柿の生えた庭を挟むように建っているところにさしかかる。平屋だけ灯りが点いている。駐車場を通りぬけ、母屋の軒を忍び足でくぐり、辿りついた。インターホンを押しても鳴らない。

あいてるので入って
声ではなくメッセージが返ってきてドアをあけ踏みこんだ。まっ暗いなかに、野生を感じる生きもののにおいが濃く沈んでいて、血のにおいも混ざっているようで鼻呼吸を止めた。手探りで壁のスイッチを点けた。靴箱には埃の溜まった空っぽの花瓶が置かれ靴べらが投げだされている。

廊下の右手にあるドアの向うから、こっち、と聞えた。そこ、にいますか。ヒロは、廊下へあがり呼びかけた。いま、す、と聞き取った。床が傾いていて、歩こうとするとバランスを崩しかける。豆を撒いたら転がってゆくのにちがいない。胃を詰まらせるにおいは、左手にある浴室らしい引き戸の向うから押し寄せてくるようで、なにがいるのだろうと気になりながら背中を向けた。サキの声がしたほうのドアをノックせずあけた。

テレビと学習机、ハワイアンキルトのクッションを置いた椅子のある部屋は暑いほど暖房が効いていて、サキは、窓ぎわのベッドで毛布を体に巻きつけ横たわっていた。起こして、もらえますか。弱々しくほほえみかけてきた。

操られるように頷《うなず》き、言われた通りにした。脇の下に手を差し入れたら、搾りたての甘いミルクめいたにおいがする。ほどいた髪は夏の頃より根もとが黒くなり、何日も洗っていなそうなマーガリンっぽいにおいを放っていて、化粧なしの顔は、眉もなく瞳も半分ほどのほそさに変わり、栄養失調寸前みたいに蒼白くこけている。食べものをなにも持ってこなかったのを悔やんだ。ここへ来て、突然、心をひらいてくれて、ありのままを晒《さら》されているようでもあった。

鋭敏にふるえるのが伝わってきて、手を引いた。すみません。サキはそう呟き、自力で姿勢を正しベッドに腰かけた。霜降りのトレーナーにジャージのズボンを穿いていた。氷を浮べたような眼つきで見あげてきた。

来てくれて、ありがとうございます。いま、わたし、頼れるの、ヒロさんしかいなくて。知りあいに、届けたいものがあるんです、どうしても……。でも、夜の運転、自信がなくて。連れていって、もらえないかと。

立ち尽くして聞きながら、そんなふうに切り出されることを頭の底のほうで微かに予感していたように思った。あの、ご両親、などは。精一杯、足もとに力をこめ訊き返した。

旅行中です。さきに、車の鍵をあけて、乗っててください。赤いカローラ。

サイドテーブルの抽斗《ひきだし》から投げて寄越した。言いなりになった。再び、母屋の下をぬけようとするとうえから咳が聞え、家族がいるのがわかる。隠したいのだと察した。

運転席に乗りこみ、エンジンをかけたら家族に怪しまれるかもしれないと思った。寒さ

に耐え待つうち、三十分がすぎた。まだですか。メッセージを送ると、もう少し、と返ってくる。まってて、とも届いた。待ち受けにしてある、先月山歩きをしていて見つけたりんどうの花を見つめた。底が黄いろくて澄んだ紫のコップのかたちをしている。写真のフォルダ内は、野の花や鳥たちを撮ったものばかりで、人物は一枚もなかった。

物音が伝わり、ふり返った。軋むドアから、常夜灯に照らされ、肩からトートバッグを掛け、丸まった厚手のバスタオルを抱え、サキが出てくる。助手席ではなくうしろのシートへすべりこみ、手早くベルトを締めた。こんどは、車内いっぱい、さっき嗅いだ血と膿《うみ》っぽいにおい、それらを消すためにふりかけられたのではないかと疑わせるジャスミンの花とレモンを合せたような香水のにおいが混ざりあってむせ返りそうに立ちこめ、大事そうに抱いたベージュのバスタオルに包まれているものはなんなのか気になってしかたなくなった。向うから言わない以上、探るのはためらう。

シャトー、サンマリノ、はわかりますか。

当時、築三十年は経っていただろうか。もとは、結婚式を挙げられる教会を備えたホテルとして建設計画が進み、完成まえに事業主が倒産し、リゾートマンションとして売られることになってそれも不振で、半分くらいはマンション、残りは、県内のさまざまな企業の保養所となった施設だった。全室、泡風呂機能のついた人工大理石造りの浴室の他に、オープンキッチンとバーカウンターがあり、バルコニーから海を望める。

ああ、わたし、一時期、あそこにボランティア仲間といたから。サンマリノに、お友だちが？

ええ、お願いします。

ヒロが住んでいたことがあるとは予期していなかったのか、怯《ひる》んだ口ぶりで返ってきた。言わなくてもよかったと悔やんだ。あそこ、洋風、ってわけでもなく和室もあって、床の間には掛け軸があって。わたしのいた部屋には、おしどりの夫婦が描かれたのが掛かってた。統一感のなさが、バブルの時代っぽいセンスよね、と饒舌につづけてみたものの、反応はなかった。バブル、という言葉が通じないのかもしれなかった。

じゃあ、行きますね。エンジンをかけ車を発進させ、街灯のひとつもない坂を下り始めた。荒野に挟まれた舗道を通りぬけ海沿いを走る。ここは、長大な堤防を建設中で、浜辺には、黒光りする工事車両が連なり眠ったように停まっている。おととしの春に押し寄せた平安時代以来の巨大津波で、この町では千名を超える死者と行方不明者が出た。荒野はもとは住宅街や商店街だった。

ナビの指示どおり、ヒロは山道をのぼり始める。生きのびた人たちの暮す仮設の平屋が寄り集まっていて、どこもしんとして灯りもない。ミラーに映るサキはシートに凭《もた》れていて、蒼ざめた肌は、生きながらホルマリンにでも漬けられているようにみえる。ヒロは、サキと会わなくなってから、勤めさき近くのコミュニティセンターで証言集を借りて初めて知った、サキの体験について思い返した。あの日、サキは用事があって内陸の街へ出かけていた。そのため、津波には遭わないですんだものの、職場である美容院と店長、中学校の同級だった親友をいちどきに失ったのだという。

よりによって自分が助かってつらい、と話していた。それを読んでやっと、惹かれたわけがわかった気がした。隠しているつらさを埋める手助けをしてやりたかった。ろくに言葉を交わすこともなくそんな衝動を抱かされた人はサキが初めてで、もしも、自分が男なら恋をしていた。

一台の車とも行き交わないまま、太平洋に面した崖っぷちにそびえるサンマリノへやって来た。駐車場は、がらんと空いていた。ヒロのいた頃は、家を失い仮住まいにしている人もいたし復興工事で集まった作業員も宿にしており、つねに満室だった。

いまでは、老朽化が進んだ。外壁があちこち剝がれ、百室ほどあるほとんどの窓は暗い。耳を澄ませると、崖下に打ちつける波音が聞える。むかしは、崖を降りていったところにプライベートビーチがあったと聞いた。震災が起きるずっとまえ、すでにビーチへの石段が崩れ、直す予算もなく立入禁止になったらしい。サキは携帯を操作し、何秒かすると鳴った。駐車場から見える部屋のうち、灯りが洩れているのはたったの三室だ。真ん中を指さす。

あそこで、待っててくれてます。

ひとりで、大丈夫？　ちゃんとした人なの。

ちゃんとしてますよ、と返ってくる。ついてゆこうか、とは言えなかった。

ここを作った会社の社長さん、首を吊って死んだでしょう。幽霊が出る、って噂があるの、知ってますか。

どうでもいいことだ。知らない、と答えた。サキは、じゃ、気をつけて行ってきますね、可笑《おか》しげに吹きだし呟いて外へ降りた。白い息を吐いてあやすような仕草でバスタオルに包んだものを抱きなおし、くちびるを寄せる。車に背を向けブランドっぽいロゴの入ったバッグを揺らし、サンマリノへ向ってゆく。時折り、疲れたようにしゃがみ肩で息をする姿がライトに浮びあがる。ヒロは、あとを追おうか迷って、止《や》めた。無事を祈り、部屋着のうえからダウンコートを着込みぺたんこのサンダルを突っかけたサキの背中を見送った。

暖房を切り、運転席の窓を全開にした。こもったにおいを追い出したかった。タオルの中身に思いを馳せる。どこかから盗んできた貴重な種類の犬か猫、あるいは、人間の子が寝息も立てぬほど深く眠りこんでいる。

きっと、相手に問題のある子を自分で生んだのだ。そう閃《ひらめ》くと、ヒロは、下腹のふくらみ具合はうっすらと気になりながら、立ち入ることのなかった自分を責めた。いや、訊けるわけもなかった。相談してくれたらよかったのに、とよぎったが、そこまで親しい仲でもなかった。向うには敬遠されている気もしていて、そのせいで落ち込んでいた。

風が強まり、崖下で砕ける波音は悲鳴をあげるように荒くなって聞える。いまもあそこには、夥《おびただ》しい数の人たちが骨と化し重なりあったままで、波に呑まれる寸前に伸ばされた手や腹の底から絞りだされた叫び声までもが風に乗り伝わってきそうな空耳がして、窓を閉めた。かじかむ手に息を吹きかけ温め、エンジンをかけ暖房を点ける。足音が近づいた。

顔をあげると、バッグだけになったサキが手をふり、こちらへ乗りこんできた。その夜の爪は、ラメ入りの透明なマニキュアを塗っていて星屑をまぶしたようにひかっていた。

元来た山道を下っていった。途中、銀色がかった毛の羚羊が一頭、泰然と横断していった。サキは、ずっと睫毛《まつげ》を伏せ舟を漕いでいた。話しかけられないようにするための眠ったふりかもしれなかった。家に着き、お礼として、頂き物だという林檎を渡された。赤ふたつ、黄がひとつ入っていた。

ヒロは、坂を降りホテルへ急いだ。宿直の警備員は顔馴染のベテランから雇われたばかりの若いのに代っていた。星、見てきました。肩を竦《すく》め会釈するとだまって頷き、通してくれた。駐車場を回りこんでゆきドアの鍵をあけ、簡易ベッドしかない六畳間に着く。

電灯が点けっ放しだった。嗅いできたすべてのにおいが全身にまとわりついていて吐き気を催し、もういちど、シャワーを浴びた。念入りに髪を洗い、泡立てたタオルで首もとから足指の股までこすった。林檎も、食べる気がしない。共有の控え室の冷蔵庫へ入れておいたら、いつのまにか消えた。

以後、サキの姿は見かけなかった。連絡を交わすこともないまま、ヒロは、年を越すとホテルを辞め町を去った。たまに、おそるおそる、あの辺りのニュースを検索した。サンマリノから、乳児の腐乱死体や白骨が見つかった、という事件はヒットしなかった。

サキの生み落とした子が、順調に育ちつづけていたら、白いパジャマの子と同じ年頃になっているはずだった。

現在の職場では、カップルの客が去るたび、ヒロは掃除具を手に部屋へ入り、汗や精液で湿り乱れたシーツを片づける。その夜は、ごみ箱に使用済みの避妊具が捨てられているのを眼にするたび、サキのことを思い出した。どんな相手とのあいだに出来た子だったのだろう。カフェの主人は事情を知っていただろうか。

携帯をたしかめたら、向うの番号もメールアドレスも、残ったままでいた。削除しようとして指がすべり発信のマークが点滅し始め、焦って切った。履歴のいちばんうえに現れた名前を、網膜が痛くなるほど見つめた。折り返しかかってくることはなかった。

早朝に交代が来て私服に着替え外へ出た。空腹を抱えながら自転車を漕いだ。夏は終りに近づき、道端には野菊が咲き始めている。もつ鍋が名物の食堂の二階にあるアパートの部屋へのぼった。ドアノブに紙袋が掛けてあり、太くなりすぎたのや曲がった胡瓜《きゅうり》が入っていた。おすそわけ、と大家でもあるおかみさんのメモもあった。家庭菜園で豊作だったのをくれることがある。

鍋に湯を沸かしそうめんを茹でた。胡瓜も洗って、味噌を添え丸一本平らげた。あの夜、運んだのはほんとうにサキの子だったとして、自分がサキのふくらみが気になりだしたのはすでに堕胎にはまにあわない時期だったのかもしれなくて、いったい、サキの両親を含む町の他のだれにも事情を知られないままふたりを救うにはどうすればよかったのか。いまだにわからない。

アイ

ヒロが、サキと会った太平洋沿岸の町を去った正月明けのある夜、アイは、フミ先生と車で丘を降り遠出していた。もう、丘からはこのまま去りたい。いや、せめて、冬が終るまではいよう。クラシックバレエの公演を観ながら、しだいに、そうした葛藤はどうでもよくなっていった。

羽毛を飾った真白いチュチュにタイツを穿き、群青のアイシャドウを塗ったウクライナ人のプリマが瀕死の白鳥を演じた。脚をこまかくふるわせながらつまさき立ちで舞台袖から登場し、すこしずつ、羽ばたこうとして上手くゆかず傾いていって独楽《こま》みたいに体を回転させ、腰を落とす。ながい腕も苦しげにふるわせ交差して、宙を摑む。死ぬ、だなんて微塵《みじん》も信じていなさそうに瞠《みは》った瞳は、涙を溜めたまま、零《こぼ》さないで閉じてゆく。ついには座りこんで力を失い、倒れ臥《ふ》した。偽物の雪の降りしきるなか、身じろぎもしなくなった。

あれ、死にゆくことを、知らないのね。力を奪われながら、最後まで、生きよう、生きよう、ともがいているのよ。

終ったあと、先生が教えてくれた。誘われて居酒屋へ入った。先生は熱燗を、帰り道をひとりで運転するアイは温かい烏龍茶を頼み、牡蠣《かき》の酢の物に牡蠣フライ、里芋を丸ごと揚げたコロッケなどを味わった。コロッケで舌を火傷《やけど》した。お冷をもらって啜り、さっき見たプリマの、凍てつく森を連想させる薄青い光を浴びて、髪の毛から指さきまで鍛えぬかれ意のままにしていたようだった舞いが、脳裏によみがえる。

いまの自分は、どこか、生きていても死んでいるみたいだ。いまだけでなく、ずっと、そうなのかもしれなかった。

先生が、下界、と呼ぶ街なかへ出るのは、アイが丘へ身を寄せるまえ、沿岸部に大津波のあった年の秋以来だと聞いた。フランスから、ギエム、というバレリーナが踊りに来たのだという。今日と同じホールで見た、ラヴェルのボレロに合せたギエムの舞いが、いかに気高く闇を照らす女神に見えたかを語られた。アイは、もう一軒、つきあった。ジャズをレコードで聴かせる店だ。留守番をしているリツに、戻るのは深夜になるからさきに寝てほしいと電話した。ジンライムで酔った先生の腰を支え車へ戻る頃、粉雪が舞い始めた。

衝突事故による渋滞に巻きこまれた。抜け出す頃には日付が変わっていた。先生は、うたた寝に入った。速度を抑え走る。あっというまに、辺りの灯りは減った。他の車も見当たらなくなり、一台きりで田畑に挟まれた道を通り山道へさしかかる。

群舞も、素晴らしかったですね。リツ姉さんも、わたしたちと気分転換しに来たらよかったのに。

助手席で薄目をあけてみえた先生に訊いた。あの子は、男のコスチュームのあれが駄目なの、とあくびして答え、再び窓のほうへ凭れ舟を漕ぎ始める。リツは、徹底した男嫌いなのだとは先生から聞いていた。理由は知らない。

たまに、みんなでテレビで映画やドラマを見る時、リツは、ラヴシーンが始まりそうになると席を立ち、食器棚の整理を始める。特定の宗教の信者というわけではないが潔癖症で、アイが、なにかセックスにまつわるジョークで声を立てて笑ったら、五月蠅《うるさ》い、と怒鳴りつけられたことがあった。このくらい、いいじゃないですか。うっかり反発すると、飛びかかってきて両肩を摑まれ椅子から引きずりおろされた。

あんた、ここへは、俗世を断ち切る覚悟で来たんでしょう。欲求不満をなだめるために、月いちどくらい、汚らわしいシーンを見るのはかまわないけど、我慢するけど、あんな下卑た笑い声をあげるなら、出てって。わたしが荷造りしてやるから。出て行け。

我慢してね、と陰で先生に言われた。従うしかなかった。

アイは内心、リツをあわれんでいた。仕事や家事でミスを叱られても、あわれむことで乗り切る。あの頃のアイは、月にいちど生活必需品を配達しに来る生協の青年を気に入っていた。生協の車が着く日は髪を整え、肌のくすみをファウンデーションで隠し口紅を引いて待つ。リツはそんな時、家にこもっていたらよいものを、髪は寝癖を放置し跳ねたまま平気でくちびるを頑固そうに結び、青年を迎えに出るアイのうしろからぬっと現れた。受け取った荷物を無造作に玄関へ押しこめる。青年は萎縮する。

先生は、若い子はみんな、ここにもう二十年もいるリツとつきあえなくて去ってしまう、と漏らしながらも、けっして、リツを追い出すつもりはない。自分も、どうしたって、他にゆける場所はないのだ、とアイはしょっちゅう溜息をつく。

二十代半ばで結婚し、事務を務めていた商社を辞めた。正社員として入ったけれど周りと合わなかった。四十をすぎ独り身へ戻っても、有利になるキャリアもなく仕事は思うように見つからない。スーパーのレジ打ち、試食係、大学の学食の調理補助、トイレ清掃、運輸会社のコールセンター受付。採用してもらえる限り誠実にこなし、掛け持ちも試みた。無理が祟り倒れた。ここへ身を寄せなかったら、世の邪魔者扱いを受け殺されるホームレスに滑り落ちていてもおかしくなかった。

丘へ来てから、運転は上達した。曲がりくねった山道を怖気づくことなくのぼっていった。峠へ迫るごとに、車体の両側に真黒くつらなる木立の根もとをおおう雪は深くなり、空から降る雪も勢いを増す。天辺に着いた。広がる田畑はどこまでも蒼白く発光してみえ、その向うに点々と黄いろい灯りが滲んでいた。

下り始めると、再び、雪は弱まっていった。トンネルをいくつかぬけて最寄りの道の駅に着く頃には一時を回っていた。山葡萄《やまぶどう》ソフトクリームで知られる売店はすでに閉まりシャッターが下り、まだらに薄く白く塗り替えられ始めた駐車場は産廃会社のトラックが一台だけ停まっていて、運転手は寝ていた。

トイレ、大丈夫ですか。

先生に声をかけた。眼は瞑ったまま、頷かれた。わたし、行ってきますね。囁いたら、もういちど頷く。アイは、車のエンジンをかけたまま、コートを着込み外へ降りた。鋭くなった寒さに、ジャズの店で珈琲を二杯も飲んだのに生じかけていた眠気が吹き飛び、フードも被り、売店に隣接する改築されたばかりのトイレまで、転ばないよう腰を曲げて歩いた。女用の洗面台は磨きあげられ、一本の髪の毛もなく水滴もついていない。だれもおらず、あとから来る人もいなかった。

優雅に用をすませたく、バリアフリーに対応した個室の引き戸をあけた。奥にあるおむつの交換台に、毛羽立った卵色の毛布でくるまれた赤ちゃんが横たわっていた。

人形ではないのは寝息に上下する毛布の微かな動きでわかった。室内は、金木犀を模した防臭剤のにおいが立ちこめ、アイは、眼のまえの光景をどう受け止めたらよいのかわからなくて、倒れそうにぐらつくのをこらえ後ろ手で戸を閉めた。つまさき立ちになり歩み寄った。

だれか　たすけて

鉛筆書きのメモが添えられていた。曲がった釘を組みあわせたような筆跡は、おぼえたてのひらがなを懸命に書きつけたらしくもみえた。横には、ふくれあがった黒いナイロン地のバッグがあった。哺乳瓶に沢山の紙おむつ、お試し用らしい、スティック状の袋に入った粉ミルクが詰まっていた。

いますぐ、携帯から、警察に通報しなければならないのはわかった。あぶら汗が滲む。

道の駅の従業員が開店準備のためにやって来る頃まで、この子がここで雪の夜を乗り越えられるのか見当がつかない。トラックの運転手を起こし相談してみようかともよぎった。走りだしてゆく気配がした。

おそらく、自分が死の淵にあることなど露ほども知らず、両眼もくちびるも固く閉じたまま眠りつづけている、アイの手のひらくらいにみえる赤ちゃんの顔とメモを見比べた。栄養が足りないのか痩せこけた肌は土気色をして、なにか病気を持っていそうにもみえる。

いったん眼を逸らし、ズボンを下ろし用を足した。今夜、ここへ引き寄せられたのは運命であるように感じた。水を流し、あらためて、世を倦《う》む僧の如く眉毛を八の字に寄せ眠りつづける赤ちゃんを見おろした。

先端に目やにを載せた長い睫毛が肌に影を落としていた。寝息に耳を澄ませ、ちょっと、さわってみたくてたまらなくなった。首都での十五年間に及ぶ結婚生活で、とうとう、どれだけ努力しても孕《はら》むことさえかなわなかった。別れた夫は、再婚相手とのあいだにすぐに女の子と男の子が生まれた。

息を吸って吐き、腕を伸ばしては引っこめた。気がついたら、温かくて柔らかいものを抱きあげていた。予想より軽く、ほんのわずかな力加減で壊れてしまいそうで、首が座る、座らない、などという言い方があるのを思い出し首のうしろを支える。たしかに、まだ骨が完全に固定していなそうにぐにゃりとするようで呼吸が止まる。よし、よし、自然に呟き個室をひと周りし、ふと、股間に触れた。

男だ。赤ちゃんは薄眼をあけた。すべてを理解していそうに神々《こうごう》しくほほえみ、瞼が降りる。

よろしくね。

挨拶された気がした。アイは、錯覚に決まっているとは振り払えずメモをポケットに仕舞った。親は、なんらかの切羽詰まった事情に追われ、この子をここへ捨てるしかなく、逮捕されても結局は引き離される。

トイレ内のどこにも監視カメラなどないことをたしかめ、肩からバッグを掛けた。赤ちゃんを、毛布にくるみ抱きあげ、再び外へ出た。背を丸め、駈けだしたいのをこらえ、さっきより慎重な足取りで、水気を多く含んだ雪を踏み先生の待つ車に辿りついた。左腕で赤ちゃんを抱き、右手で後部座席のドアをあけバッグを放る。運転席に座り、かぼそくも安定した寝息を漏らしつづけるのを膝のうえで抱きなおし、呑気《のんき》にいびきをかく先生に囁いた。

あの、赤ちゃん、拾ってしまって。どうしましょう。男の子です。

育児経験のないアイには、この子が生まれたてなのかも、すでに何ヶ月か経っているのかも判断がつかなかった。眼ざめぬ先生の隣で、時にはそっと揺らし、くちびるを真一文字に結んだ顔を凝視し、髪を撫でてみたりしながら、放たれるぬくもりを感じていた。ちっぽけな全身から、体温は滾滾《こんこん》と溢れてくるようで、暗がりのなか、体の芯にまで沁みてくる。

山と山のあいだの国道をトラックが何台か通りすぎ、雪の玉は宙を埋め尽くしそうに乱舞し始める。先生を揺さぶり呼びかけた。

あの、……あの、拾っちゃったんです。放っておけなくて。もう遅いから、保護、することにしていいですか。

う、ううん、と唸り、我に返ってみえた。赤ちゃんを受け取り口もとを歪める。寝惚けたまま、シートベルトを締めた腹部に貼りつかせるように抱き寄せた。おや、ぬくいのねぇ。感嘆する声が漏れ、しっかり抱っこしてくださいよ、アイがつけ加えたら、こくりこくり、頷いた。赤ちゃんは、だれに守られている夢を見ているのだろうか。先生の腕に身を委ね、鼻の穴を西瓜《すいか》の種のかたちにふくらませ空気を吸った。

国道へ走り出た。車体の両側は、翼をひろげた鷲《わし》を思わせる山なみも牧場も田んぼも、無人駅を縫う線路も暗やみに浸り、積もりゆくのと新たに空から舞い落ちる雪だけが明るい。

再び山へ入り、さらに険しくなってうねる道を緊張しながら走った。バイクが衝突しガードレールがへこんだまま無残に錆びた箇所がある。葉を落とし黒々とほそった枝をむき出した樹々が、左右から伸びトンネルを作っている。

平地へぬけると視界がひらけ、片側に集落が広がった。茅葺《かやぶき》屋根の崩れたのや、瓦の剝がれた部分に青いビニールシートを張ったまま主のいなくなった家が、ライトに浮ぶ。その向うの丘に建つ家の軒さきには電灯が点っていて、丸みを帯びた真珠色の光は秋の夜空の木星のようだ。速度をあげ近づいてゆく。

いやだ、だれなの、これ。

先生のうわずった声が聞えブレーキをかけた。雪の降り積もってゆく荒野に挟まれた一本道まで来ていた。横目で窺うと、困惑したようすでいる。お人形かと思った、生きてるじゃないの。眉を顰《ひそ》め訊いてきた。

男の子、です。トイレに寝かされてました。助けて、という紙切れがあって。赤ちゃんポストのある病院なんて、この辺りにはありません。警察に行って、取り調べを受けるのも勇気が要ります。ひとまず預かろうと連れてきました。

訴えると、先生は瞠った眼を交互にアイと赤ちゃんに遣りながら、聞き入ってくれる。先生は警察が嫌いだ。不信感でいっぱいで、憎んでいる、といってよかった。

アイが丘へ来るより十何年かまえの夏の夜中、森からつながる山のなかの、すでに取り壊された家の納屋に監禁されていたふたりの女子高生が、誘拐犯の隙を突き逃げだしてきたのを匿ったことがあった。マスコミの取材が殺到し対応に追われた。先生もリツも、当時、共にいた女たちも、みんな、仕事もなにもできなくなった。

十八から二十四歳までの男ばかりの犯行グループは、全員、地元とは無縁だった。アイは、事件のあらましだけはネットで眼を通した。公にはなっていないけれど、事情聴取のやり方が引き金となり、少女のうちひとりは成人してから命を絶った、と先生に聞いた。もうひとりも、国内にはいられなくなった。

ニュース、になるようじゃ、わたしたちまた、暮しを妨げられるわね。

先生は、しばし赤ちゃんの寝顔を見おろした。頬をなで、ついさっきのアイと同じく魅せられてゆくのがわかる。触れた指さきで自分の頬もなぞり、移ったぬくもりをたしかめているようにみえた。アイは、数日ぶんのおむつやミルクの入った後部座席のバッグを眼で示した。メモも見せ、話しながら涙まで滲んだ。

わかった。じゃあ、雪が止《や》んだら、あなたが責任を持ってどこかへ引き渡すのよ。ひとまず、リツには、女の子だということにして、みんなで世話をしましょう。

家に着くと、アイは二階へあがった。共有の寝室になっている部屋で、リツは先生とアイのぶんの布団もならべて敷いたうえで眠っていた。起こさぬよう気をつけて、余っている布団と毛布を選び、下の居間へ戻り、赤ちゃんのための寝床を整えた。先生が仰向けに寝かせる。

交換するわよ。アイに向って頷きかけ、まっ白いベビー服の股に沿ってならんだホックを外していった。八十をすぎた先生にとって、二十九で病死したひとり息子が赤ちゃんだったのは相当の過去になるけれど、慣れたものだった。ひょろりとほそく、しわの寄った膝の折り曲げ方が解剖台に貼りつけられた蛙を連想させる両脚を持ちあげた。引っくり返った昆虫みたいに肋骨の浮きでたおなかの下の、象やキリンの絵柄のおむつは腰の周りがゆるい。死んじゃいそう。先生は不安げに呟いて側面を指で破りひらいた。

瞬間、先端のほそまった腸詰めいた性器がむき出しになり、ふたりは見入った。うしろのふよふよした袋に比べて茶色っぽい薄桃をしたそれは、なんのにおいもしなかった。先生はお尻を持ちあげ、かぶれているのに気づくと、洗面所から薬草チンキを選んできてコットンに含ませ塗った。沁みて痛がるようなことはなく、替えのを穿かせる。アイは、限界まで尿を吸ってずしりとふくらみあがったおむつを受け取ると、テープがついているのに気づいた。筒状に丸め留めてみた。

先生に、見つけた時刻を訊かれた。もうすぐ、おなかをすかせ泣き出すだろう、と言う。生後四ヶ月をすぎていれば、夜に長く眠る。それまでは、母親は二時間から四時間おきに自分も起きて乳を飲ませる。こま切れでしか寝られない。アイにもその程度の知識はあった。結婚する遥かむかしから、やるのが当然、という覚悟でいたけれど実現することはなかった。身震いがしてくる。

居間へ戻り寝かせると、ストーブに薪《まき》を追加した。先生と交代でシャワーを浴びた。三時をすぎてもふたりとも眠気は飛んだまま、赤ちゃんを見守った。

ぴくっ、と動いた。おもむろに眼をあけ、また瞑った。

薪の爆ぜる音だけが響く空間で、再び、ふたつの瞼はひらいていった。アイは、顔の半分ほどを占めてみえる、星を映す湖を思わせる瞳に見入った。白眼をむき、えぐ、呻《うめ》きが漏れ、咄嗟《とっさ》に抱きあげる。谷底へ落ちた山羊の子が横隔膜をふるわせ親を呼んでいるようなその声は、天井へ向って螺旋を描き大きくなっていって家じゅうに渦巻いた。よし、よし、先生は煮沸消毒した哺乳瓶に粉ミルクを振り入れ熱湯を注いだ。台所へ入りシェイクし流水で冷ます。

ほら、代って。こうするのよ。先生は抱きあげるとミルクを飲ませた。アイは、みずからの心臓の高鳴りを感じながら、眼のまえの赤ちゃんが、荒れて皮の剝けたくちびるでミルクを吸いあげるようすに見入った。

飲んだ量からすると、およそ、二ヶ月かしらね。眼も、はっきりとは見えていないんじゃないかな。先生は推測し、膝にのせた赤ちゃんを軽く揺らし首を支え背中をさする。げっぷをして、初めて、笑った。アイが抱っこを代ったら、小枝めいた指で頰や顎《あご》にさわり、アイにも笑った。お尻から異臭が漂い片手を添えると、にちゃり、としたものが出ていそうな手ざわりがする。洗面所へ走った。

便の始末をするあいだ、迸《ほとばし》りでた尿をアイは上半身に浴びた。赤ちゃんは喚き泣き始め、さらに、残りの便がひりだされ体をばたつかせた弾みに飛び散り、先生のエプロンの胸もとやおなかに黄土色の染みが散らばる。不潔、とは感じなかった。引っかけられた尿は水のようで桃の果汁に似たにおいがする。笑いあい居間へ戻ると、うえからリツの声がした。

おかえりなさい、どうしたっていうの。階段を降りてくる。

拾ってしまったんです。放っておけなくて。

怖れていた人の視界に、あの子が入った。そちらへも手を伸ばし声は出さないで笑う。

女の子？　生後、どれくらい？

これから猛吹雪で丘の周りは通行止めになります。せめて、解除になるまで、保護しませんか。

嘘はつけなくて、性別には触れずに答えた。でも、それって、犯罪。口ごもるリツに向って、みんな、小腹すいてない、話はそのあとにしましょう、先生が遮《さえぎ》った。四時になっていた。

冷やごはんを鍋にあけ牛乳を注いだ。三人は絨毯にじかに座って赤ちゃんを囲み、めいめい、チーズの溶けゆくおじやをスプーンで掬っては息を吹きかけ口へ運んだ。リツは、扱いに慣れていないから、怪我させそう、と呟いた。おっかなびっくりした仕草で和毛《にこげ》っぽい髪に触れては指を引っこめる。髪の毛以外は、けっして、触れない。

お母さん……、よほどの産後鬱かな。

首を伸ばし覗きこむ瞳は慈しみを湛えていった。ぶら下げているものを知ったらその態度は豹変するのか、予測がつかなかった。

アイは赤ちゃんを抱いてうえへあがり、同じ布団へ入った。先生も寝室へやって来る。リツは、一階で起きていることにしたらしい。台所へ入りなにか切り始めた。

丘のうえでは、冬は野良仕事がなくなり自由時間が増える。ぬいぐるみ作りの傍ら、自分たちのための編みものや縫いもの、かご作り、読書に精を出す。映画やドラマもよく観る。アイにとっては、三度めの冬だ。初めは、あらゆることが新鮮だった。いま思えば、リツはひさしぶりの新入りに出てゆかれないために自分を制御し接してくれていたみたいで、だんだん、歪みが出てきた。昨冬は、共にいるだけで苦痛で、なにをしていても夢中になる感覚を摑めなくて、アイはつねに、死を思い浮べるほどに追い詰められていた。

この冬は、またもや家にこもる日々へ突入すると思うと、紅葉の散りだす頃から気分が沈みがちだった。

ストーブに鍋が置かれる音がし、こくのある甘酸っぱい香りが漂いだす。リツが、古くなった林檎を山葡萄のジュースで煮始めた。狩猟免許を持つリツは、たまにひとり狩りへ出かける。山のほうで銃声がしずけさを切り裂き響くと、アイは、リツがみずからの抱えている空洞をあの音で満たしていそうに感じる。畑のものをなんでも食い荒らす鹿の他、兎や鴨を仕留めてきて自分で捌《さば》き料理に活かすのが上手いのと、お菓子作りの名人である点は尊敬する。二階にまで広まりゆく香りを嗅ぎながら、意識は遠のいた。

次に赤ちゃんが泣きだしたのは七時すぎで、起きあがってあやし、ミルクを与えなければ、と頭ではわかっていても台所に立つ力が出ない。リツが、人肌に冷ました哺乳瓶を持ってきてくれた。受け取って先生の仕草を思い出しゴムの乳首をくちびるに含ませる。眼を瞑り必死で吸いあげ始める。

姉さんも、抱っこ、してみませんか。軽はずみにも訊いた。あそこが、ばれる。誤魔化し笑おうとして頰が引きつる。

ううん、わたしは、止めておく。だって、あさってくらいにはお別れする子でしょう。あんたは、そんなにくっついてすごしていたら、いずれ別れるとき、喪失感の地獄へ叩き落とされるよ、きっと。

皮肉をこめ笑われた。ウッドデッキへ通じる居間のカーテンがあいていて、二重になった硝子窓の向うに広がる空いちめんから雪は際限なく叩きつけられ踊りながら降り、雪野原の向うには、粉砂糖をまぶされたガトーショコラ風の山なみが霞んでみえる。

ソファに座り、膝に抱え、げっぷさせるのに挑戦した。げほ、と漏らした途端、ミルクの混ざった唾液が出てベビー服の胸もとを濡らす。よだれかけも縫わなければならない。たしかに、アイにとって赤ちゃんといるひとときが長引くほどに、リツの予言は首すじに刃物を押し当てられるように感じる。丘のうえが、このままずっと雪と氷に閉ざされればよいのにと願いたくなった。

先生が起きたら、朝ごはんにしようね、とリツは言った。いちおう、仮の名前、つけたほうがいいんじゃないの。じゃあ、雪の夜に見つけたから、ユキにします。先生も賛同してくれた。雪が止み、除雪車を動かす。家の周りの雪はアイとリツで掻いて、屋根に積もったのは、いちばん若いアイが降ろす。

空が晴れ渡り山の通行止めが解除されても、女たちはユキを手放せなかった。

サキ

ヒロが、携帯に登録してあったサキの番号へ指がすべり電話をかけた瞬間、サキは首都にいて、昨夜知りあった広告代理店の営業マンの、ひとり暮しのアパートのベッドで寝ていた。携帯がふるえだし眼ざめた。液晶に浮んだ名前を見つめ、アドレス帳から削除しないでいたのにおどろき眠気が吹き飛んだ。

最後に会った翌月、自分にはなんの連絡もなく町を去ったのを人づてに知った。それならもう二度とつながりを持つことはないだろうと安堵し、登録情報を放っておいていた気がした。あの日以降、かかってくることはなかった。

白いノースリーブに薄紫のロングスカートを穿いたままのサキの体には煙草のにおいの沁みたタオルケットが被せられていて、疲れた半身を起こし男の姿を眼で探した。玄関に近い冷蔵庫のそばの床で、タンクトップと短パン姿で、クッションを枕にじかに寝ていた。

終電を逃した自分を部屋へ連れてきた。服にも下着にも乱れはなく、汗の乾いた肌のどこにも、なにかされた感触は残っていなかった。

足もとへ追いやっていたバッグを引き寄せた。ベランダの引き戸には青灰のカーテンが引かれ、すきまから射す光は眩さを増してゆく。点けっ放しのエアコンが埃っぽいにおいの風を送っていた。今日も気温は四十度近くまで上昇しそうだ。

男の脇を通り、台所の向いのドアをあける。カバーのない便座に座り放尿した。ここの玄関でミュールをぬぐなり胃液が逆流し、背中をさすられ、居酒屋で食べたものを流しへ向ってありったけぶちまけた昨夜の記憶がよみがえった。男はコップに水道水を注いで口のなかを漱《すす》がせ、何杯か飲ませてくれた。

トイレを出ると、流し台の周りにはいまだに、吐瀉物とわかるにおいがそこはかとなく漂っていた。歯ブラシを立てたコップの向うの曇り硝子の窓には木立ちの影が映り、飛び交う雀たちの声がする。

髪の乱れをなおし、麦藁《むぎわら》帽子を目深に被り外へ出た。腹をみせた蟬の死骸が廊下に転がっていた。アパートは二階建てで上下に二室ずつあり、男の隣りは郵便受けがテープで塞がれ、無人らしいとわかる。足音の響く階段を降りた。地面に、汚れた灰色をした長方形のケースがふたつならび、周りに、コーラの残ったペットボトルやソース焼きそばの空きパック、紅生姜の袋、洗われていないコンビニ弁当の容器、割箸などが散らかっている。だれも片づけないらしい。

生ごみの腐臭を吸いこみながら、ブヨにみえる蠅が、片方のケースの蓋の破れ目を羽音を唸らせ出入りしているのに気づいた。破れ目の向うに、赤茶色い水が溜まり黒い糸屑状のものが蠢《うごめ》いているのが見え、口もとをおおい立ち去った。右へ曲がると車の行き来する通りがある。バス停もある。汗ばみふり返っても蠅は追ってこなかった。最寄り駅への道のりを検索し、矢印の示すほうへ踏みだした。

肌寒かった夕暮れ時、鋏《はさみ》で切ったへその緒から流れでた血は、湯船に張っておいたぬるま湯をあんな赤に染めていった。片耳の聞えない父は母屋で相撲を見ていて、行司の凜《りん》と通る叫び声が切れ切れに離れまで伝わった。母は仕事のあと、同僚たちとカラオケに行くため帰りは遅い、と言っていた。ふたりが寝しずまってから、自力で車を運転し処理にゆくつもりだった。

初めて訪れた町をうつむき歩き、オレンジの電車の動きだしている駅に着くと、またトイレへ入った。饐《す》えたにおいの胃液だけ吐いた。

ヒロについて思い返す。当時、三十五、六にみえた。よそもの、というのはサキには都合がよく、一時期、自分の体の状態について打ち明けてみようか迷った。あるいは、向うから、結婚していないのにおなかが大きくなりつつあるのに気づき、なにか訊いてはくれないかと淡く期待した。立ち入ってくることはなかった。目立たぬよう、ふくらみの隠れる服ばかり選んで着ていたのだから、落胆することでもなかった。

空いている下り電車に揺られ、サキは、誘いだした真夜中、もしも、抱いているのはなんなのか、ひとことでも尋ねてくれたのなら、自分はしでかした行為を明かし、付き添われて警察へ出頭し、いまごろはまだ刑務所にいたのだろうかと考えた。裁判のおこなわれた結果、事情を汲み取ってもらえてそこまでの罪には問われなかったとしても、生まれ育った町にはいられなくなっていただろう。両親も、地震の影響で床が傾いたものの津波は達しなかった家を、娘のせいで出てゆく羽目になったはずだ。

　どんな展開がありえたとしても、ひとり、去るしかなかったのは同じだと言い聞かせる。向いのドアがあき、半ズボンを穿いて前髪を揃えた男の子が、自分と同世代にみえる母親と手をつなぎ入ってきて、おもわずほほえんだ。電車を好きな子のようだ。ドアがあくたび、ぷしゅーっ、と真剣に低めた声で音を真似《まね》し寄り眼になり、両の手のひらをくっつけては離す。近くの乗客たちもその姿を見て笑った。

　携帯の着信履歴の天辺に来た名前を見つめなおした。気づいていたなら、言葉にしてほしかったと腹立たしくなっては他人にそのように望むのはプライドに欠けると打ち消し、ぜんぶ、自分がわるいのだと背負いこもうとしては、周りにガソリンでも撒き火を点けたくなる。男の子と同じ年頃の女の子が乗りこんできて、さくらんぼ柄のワンピースの裾を揺らしサキの横に座った。この子も電車好きで、車内アナウンスを律儀に復唱する。窓の外は住宅街の向うに窪みの青い入道雲が湧きあがっていた。

　人手が足りなくてさ　六十分、最安、一万あげる　それだけで、一日レジ打ちするよりいいでしょ　慣れたら客は選べるようになる

　海へ流された知りあいが何人か行方不明のまま、次の春が巡り、夏、秋とすぎた頃、サ

キは、卒業以来会っていなかった高校の同級生からＳＮＳ経由でそんなメッセージを受け取った。

あの日は休みを貰って内陸の街へ、春ものの洋服を買いに出かけていた。デパートで揺れにあい、交通手段が復旧するまでの数日、親戚宅に世話になった。戻ってから、勤めていた美容院は流され、店長は、お客さんを車に乗せ高台へ避難途中で津波にさらわれた、と聞いた。

代りに、仮設で営業再開した別の店で働き始めた。内陸に職を求めた時期もあった。やがて、それまで症状が出たことのなかったシャンプーやパーマ液による手荒れに悩まされるようになった。皮膚がぽろぽろ剝けて痒い。鋏を操ろうにも力が入らなくなりカットを注文通りにこなせないことが増え、医者の忠告もあって辞めた。

自営の衣料店を流された両親は、客足の衰えていた商売を再興する気力はなく、母は、新しく建った大型ドラッグストアのパートとして採用され、父は、朝から晩までテレビ漬けですごすようになった。手荒れが治ってくると、サキは、次のまともな仕事が見つかるまでのつなぎとして、同級生の誘いに乗ることにした。

十二月に入り、坂道を降りていった。街が丸ごとひとつなくなったあとの、流されたり、取り壊されたりした家々の土台だけが点在する平地が広がった。約束の車がすでに来ていて、だまって乗った。

濃い紫の後部座席の窓からは景色が見えなくて、フロントガラス越しに、海沿いへ出るのがわかった。左手に破壊された堤防の残骸がつづき、その向うに、星の瞬きだした空の下で漆黒《しっこく》に凪いだ海がのぞいている。いずれ、次の頑丈な堤防が完成したら、車道からは海が見えなくなる。おおぜいの人が沈み、爆発を起こした原発から漂う放射性物質が流れてきているはずの海は、怖ろしくもあるけれど、視界から隔てられるのはこちらが壁のなかに閉じこめられる息苦しさをおぼえそうに思った。

会話はなく目的地に着いた。その古びた雑居ビルは、海に面していながら無事だった。ここは浸水は、と同級生に訊いた。さあね。並んでエレベーターに乗った。赤やピンク、レモン色のスナックにバー、喫茶店の表示があった。廃業か移転したのか、すべて空欄になった階もある。

最上階の突き当りの小部屋へ入るよう促されると、ハンガーラックに、ミニスカートのセーラー服やサンタクロースの衣裳、ナースやバスガイドの制服が吊りさがっていて、今日はこれ、と白いブラウスに紺の膝丈スカートと、黒いセミロングのかつらを渡される。清楚な事務員風がお好みらしいから。要望の衣裳を身に着けるなり、自分ではなくなってゆく快さを感じだしていた。隣室へ通された。

もとは、階下で働く女たちの休憩所だったと聞いた。玄関をあがると台所があり、ソファにテーブル、小型冷蔵庫もあった。浴室があり洗濯機を備え、牡丹《ぼたん》柄の布団の敷かれた和室には、枕もとにコンドームが置かれていた。テーブルには電気ポットと湯呑み、インスタントの昆布茶パック、おかきがセットされている。

それから、何人の客の相手を務めたのか、サキは憶えていない。茶飲み話だけする場合は、一万、貰えた。二万、三万、五万、値上がりするごとにリミッターは外れてゆく。厭《いや》だ、と思っても説き伏せられ、なにが厭なのか自分でわからなくなっていった。

求められるまま、自分の思考も感覚も殺しマネキン人形と化したみたいに受け入れることで、性別もわからぬ水死体となり引き揚げられた店長や、寝たきりの祖母を助けにゆき共に呑まれた親友の無念に囚われることから逃れられた。

されるがままになって危ない行為に嵌《はま》ることで、生きのびてしまった罪の意識が、つかのま消え失せる爽快さがあった。右脚を捥《も》がれ砂にまみれ腫れあがった顔で見つかった親友にくらべたら、ずっとましだと思った。むしろ、一ミリでも彼女に近づける気がして眼を瞑った。あの子を孕んだのに気づくまで、順調に生理は来ていて、自分はいくら無防備に出されても作れない体質なのかもしれないと思い、そのことは内心笑えた。

客はみな、復興関連でやって来たよそものたちで、回転が速いのもよかった。次々と去る彼らのだれにも情は湧かなかった。日払いで貰うギャラから家に生活費を入れ、残りは銀行に預けて、ネット通販でいままで手の出なかったブランドの洋服やアクセサリーを買った。宅配便の車に頻繁に来られるのは気が引け、コンビニを届けさきに指定した。

日中に予約が入った日には、早い時刻に迎えに来てもらい、昼から夜までビルのなかですごした。わかめピザの美味しいカフェバーのママは、家と両親、ひとり娘を失っていた。いつも、山盛りのサラダを添えてくれた。

野菜はたくさん摂らなきゃね。

琥珀《こはく》のイヤリングの似合うママの口癖を思い返し、居候さきの最寄り駅で電車を降りた。チェーンの惣菜店でブロッコリーと海老のサラダを買った。

首都へ向ったのは、ヒロがいなくなり年が明けてからだ。新しい暮しに必要な最低限のお金は、服やアクセを転売し得たものと親に借りたものを合わせた。保証人のいらないシェアハウスを転々とし、いまは、大きな川の流れる郊外にある友だちのアパートにいる。向うに彼氏ができたら引越さないといけない。

今年は、春さきから、新しい出会いを求めマッチングアプリに登録しマッチした相手と会い、食事しお酒を飲んでいた。実家を出てからは、毎朝、基礎体温を計り排卵日に注意しピルを上手く服用するようになった。副作用に見舞われることもなく、かんたんに体をひらきつづけている。望み通り、受精に失敗した証拠の血が流れ始めるたび、出来たかもしれない子をひとり殺した達成感を味わう。この血とあの子は同じなら、自分は、殺人などしていない。否《いや》、もとから死産。

顔も浮ばない相手のほうは、いま、どこでなにをしているのか、父親になりかけたことなど知らない。気楽なものだ。川沿いのアパートへ帰り着くまで、携帯がふるえるたび、ヒロかと疑った。ひょっとして、秘密をもとに強請《ゆす》られるかもしれないと考えては、渡せるお金の余裕など皆無なのに気づき吹きだした。見られたのはバスタオルだけで、くるんでいたものは写真に撮られてもいない。脅迫に使える証拠はなにもない。

お金以外に目的があったとしたら、いったい、なんだろう。

歯科衛生士の同居人はすでに出勤していた。まえのシェアハウスで知りあった真面目な子だ。ゆうべ作った茄子の味噌汁と西瓜を切ったのが冷蔵庫にあり、ごはんはおにぎりにして冷凍してあるから食べてほしい、というメッセージが電車に乗っているあいだに来ていた。あわれみをかけられている。サキの身のうえを聞き、地元でまだ美容師をやっていた頃に取材を受けたネット記事も読んだせいだろう。つい、甘える。向うは、自分に親切にすることで満たされているものがあるのかもしれない。

シャワーを浴び、ふるさとの町の名前で検索した。相変わらず、乳児のものと思われる白骨が浜辺に打ち寄せられた、というようなニュースは出てこない。シャトーサンマリノは健在で、あのなかの一室を改装した週末限定の喫茶店がオープンしたのを知った。甘夏パフェの写真もあった。高台まで客が来るだろうか。

食べものを卓袱台《ちゃぶだい》にならべ、テレビを点け、人気歌手の妊娠を報じるワイドショーを見る。あの子は、流れてくれたらよかった。水へ流した。ソファベッドに横たわり、次はけさの男のところへ転がりこもうかと考える。おそってこないなんて変わっている。ひと晩お世話になった礼を打とうかためらい、親切に介抱しベッドを貸す以上のことはなにもしなかった相手に、自分は釣りあわないと苦笑しまどろんでいった。

生まれた子を葬ったのは、太平洋へ突きだしたルーフバルコニーからだ。臨月になるまえに、サンマリノにはひとりで訪れ、軋むエレベーターであがっていって廊下からバルコニーへ、鍵もなく出られるのをたしかめておいた。部屋はぜんぶ空室の階だ。夜に入りこむのは、初めてだった。まっ暗くて、黴《かび》と、どこかに巣を作っているらしいむくどりの尿の胸糞わるくなるにおいがした。鼠の走り回る音もした。タオルに包んだ冷たい子を抱え、もう片手で携帯を懐中電灯代りにかざし、掃除道具が置きっぱなしで埃まみれの段ボール箱が積み重なった廊下を、息を止め通りぬけた。

月はなく、星の多い夜だった。見あげれば、煙ったような天の川が広がっていた。バルコニーを手すりのほうへ歩み寄る。ここには、友だちに誘われ、花火を見物に来たことがあった。足もとにはビールの空き缶や煙草の吸い殻、蟬の死骸が転がっていた。しゃがんでゴム手袋を嵌《は》め、子どもを、サイズを予想し縫った黒地の巾着袋へ押しこむ。重石のつもりで鉄器の猫の文鎮も入れる。

ありったけの力をこめ、バスケットのロングシュートを決めるイメージで遠くへ投げた。以前はあった松の木立ちが流されたおかげで、何にも妨げられることはなく海面まで届き、まっしぐらに落ちる。サンダルから踵《かかと》を浮かせ身を乗り出した。水面へぶつかり、ぼっしゃん、濁った音が響くのを、波音のあいまにたしかに聴き取った。座り込んで手を合わせた。ふさいだ瞼に力を入れ、プランクトンが雪みたいに舞う海の底へと吸いこまれるシルエットを思い描いた。

千七百四十七、いや、五十八名だったか。おとといしの春、あそこでいちどきに亡くなった人たちのうちに、あとひとり、死産だったのかもわからない子が加わるのは、たいしたことではなさそうに感じた。崖の下には、いまも、贔屓《ひいき》にしてくれたお客さんや小中学校の先生、同級生、高校で初めてつきあった元彼たちの骨がばらばらにほぐれ混ざりあい、沈んでいる。

眼ざめたら午後二時をすぎていた。カーテンの向うで油蟬が猛烈に鳴き始めた。携帯をたしかめると詐欺メールが溜まっていた。着信履歴のトップはヒロのままで、ブロックするか迷った。やはり、ただのまちがい電話ではないか。お金をせびりたいのは、むしろ自分だ。いつだって困っている。

リツ

　ユキが拾われてきてから、ひと月が経った。他のふたりは、あの子を日々、奪いあうがごとく抱っこや添い寝をしていたが、リツは、かたくなに距離を置いていた。自分は、近寄らない。ふり回されるなんて、まっぴらごめんだ。あの子が居間にいるときは雪かきに出るか、倉庫兼仕事場、寝室か屋根裏の読書室にこもり、なるべく姿が眼に入らぬよう心がける。食事も別に摂る。耳にはイヤホンをつけ音楽を聴き、声を遮る。

　きゃっ、また、うんち出た。絵文字のかたちみたいな。お風呂あがりは、全身、ばら色になってぽかぽかねえ。先生たちの愉しげなさわぎ声が伝わってても、その輪には加わらない。まめにウェブサイトを更新する。受注したぬいぐるみをふたりのぶんまで仕上げ、雪山をひとりで運転して郵便局へ発送しにゆく。

　狩りにも出かけた。仕留めた鹿はその場で雪のうえに頭部を斜面の下側にして寝かせ、おなかにナイフを入れ血を抜く。柔い毛におおわれた胸から股間まで切りひらいていって、紅い濃淡の肉をあらわにしてゆくと熱帯の花が咲き乱れるみたいだ。おととしまでは、ベテランの猟師でもある先生とふたりで作業した。いまでは、ひとりでこなせるようになった。胸骨と骨盤を切断し、湯気を立てる内臓を取りだす。辺りの雪が、滴る鮮血で染まる。冬を越すために蓄えられた象牙色の脂身を剝がし、皮も一気に剝ぐうち、全神経はナイフを動かす手さきに集中していって真冬でも汗ばみ、余計な思考が削ぎ落とされる。いつもは澱んで感じる体のなかいっぱい澄みきってゆく。

お菓子やパン作りにもそういうところがあって、好きだ。粉、砂糖、卵にバター、イースト、厳密に材料を計り、ふるいにかけたり混ぜたりこねたりしているのも無心になれて、リツには両方とも同じくらい、なくてはならない生き甲斐だった。

あの子を、もういちど、す、捨てなおすとしたら、同じ場所へ戻すのが、ぶなんなのかな、とは思いますけど。人けのない夜中に。……いま、こう、言っただけで、泣きそうです。可哀相すぎます。

アイが、声を消え入らせながらミントティーを飲もうとして、カップを持ち上げてはテーブルへ戻す。こんなにちっちゃくても、変態にいたずらされるかもしれないし、とつづけて、そうよね、と先生は頷いた。リツは、ドライフルーツを焼きこんだパウンドケーキを口に入れ、深くソファに凭れると干柿のかけらを嚙みしめ、子どもの頃に同居していた叔父について思い出した。無職だった叔父とは、たびたび、家にふたり残された。

脚をひろげられ、性器に指を差し入れられた。むずかったら笑って止める。おやつをあげる。おもちゃを買ってあげる。もうちょっと、我慢してね、その通りにするとさらにご褒美をくれる。血まで出て痛みとおどろきで泣きだすと、ごめんね、謝って抱きしめた。

すりぬけようとしたら、内緒だよ、と囁いてまた欲しいものをくれる。

小二の夏、叔父は仲間と事業をやろうとして失敗し、父にも借金を負わせ出て行って音信は絶えた。しだいに、やられたことの意味が摑めてくると、リツは、男、というものは大概、女よりも力が強く、股間には使い方次第で凶器となりうるあれをぶら下げていると思うだけで、赤面しふるえて、正常に話せなくなった。十九の時、母に相談しようとした。いやらしい話は止めてほしい、と拒絶され、女友だちからも母と同じ反応が返ってくるのでは、と想像すると竦みあがる。

丘のうえには、三十の時、男と極力かかわらないで済む暮しを求めやって来た。先生にだけ打ち明けられた事情だ。

近頃は、養護施設や保育所でもそんな事件がニュースになりますよね。ベビーシッターにも変態がいたりして、全員、死刑に、いえ去勢してほしいです。アイは怒りをこめ言い放ち、先生は、だまりこんだリツの顔から血の気が失せているのに気づいたらしい。白菜漬け、発酵が進んで酸っぱくなったのを使って、今夜は台湾風の鍋かな。わたしが用意するわね。話を変え台所へ立った。冷めたお茶を手に動けなくなったリツからなにかを感じたのか、後片づけはアイがやってくれる。

まもなく、ひっくく、とユキの泣きだす気配がうえから伝わってきた。アイが階段を駆けあがってゆく。ユキ、ユキ、おなか、しゅきましたね。いい子、いい子。聞かされるほうが気恥ずかしくなる裏返りそうにはしゃいだ声が響き、抱っこし降りてくる。リツはやっと立ちあがって、ふたりに背を向けミルクの準備にかかった。

三月に入ると雪はだいぶ溶け、陽ざしは春めいてきた。ユキは、夜に眠る時間が格段に延びた。

まだ暗い五時すぎ、薄眼をあけると、左隣のアイの向うで先生と挟まれて寝るのが習慣のあの子が、もぞもぞと動く気配を感じる。ふたりは、昨晩、クリスマス以来で深夜まで映画を観たせいで、眠りこけている。リツは、戦時中の上海を舞台に抗日派の女スパイと親日派の高官が恋に落ち、密室で性愛に耽る、というあらすじを聞いただけで虫唾《むしず》が走り、早めにうえへあがっていた。
ユ、キ。呟き、しかたなく覗きこんでみると、青みがかってきた闇のなかで、あの子は眼をなくしくちびるをほころばせるのがわかる。仰向けになったまま、何倍も体の大きなこちらを包みこむようにほほえみかけ、もみじの葉っぱくらいの手をまっすぐ伸ばし、ひらいてはゆるく握る。拾われてきた日以来のことで、いったい、どんな反応を返せばよいものか、戸惑った。笑い返そうとしても、普段、笑う、ということが滅多にないために、動かしかたを忘れたみたいに頬の筋肉が固まる。獲物を解体するとき、血の池に手を浸し、宿った胎児の透ける子宮や、破れたら便の飛び出す大腸をひと息に引っぱりだすよりむずかしい。
おはよう、とも発せられなくて、ただ、口もとを引きつらせていた。向うも声は出さぬまま、指を泳がせ、もっと弾けるばかりに笑った。カーテンの向うで頬白《ほおじろ》たちが燦《きら》めくような声で呼びあいだした。ふたつの眼もくちびるも三日月のかたちにひらいたその笑顔を、リツはまばたきし見つめ返した。いつでも、背を向けているばかりの自分を、可愛がってくれる先生たちの同志だと信じて疑っていないようで、これは、ここへ来てから、無視されたり邪慳《じゃけん》にふり払われるなんて、一切、頭にないからこそできる表情なのだろうとおどろきでいっぱいになった。

息をのみ、網膜が痛くなるほどに見入っていると、あ、姉さん、おはよう、アイが起き出した。瞼をこすり、よし、よし、おむつを換えようねえ、さっと抱きあげて灯りを点け下へ降りてゆく。わぁ、けさは濡れてないのね、いい子、いい子。リツは、波打った鼓動がおさまってゆくのを感じながら、再び毛布へもぐりこんだ。辺りを浸す空気は、だんだん薄水色へ変わって明るむ。

天井を仰ぎ、いま、ふた月ぶりに間近で見た、萌えだした草みたいな髪の毛のユキは、パステルカラーや花柄のものより、自分がいつも好んで着る、黒や灰、青系の服のほうが似合いそうな気がしてきた。フリルやリボンもないほうがよい。自分も、女でありながら、物心つくまえから、いわゆる女の子っぽいとされるものは苦手だった。中学校の制服のスカートも駄目で、上下ジャージでいるほうが落ち着いた。

あら、ずいぶん、大人びた色のを作ってくれているんですね。

翌週の午後、仕事場でミシンを踏んでいると、アイがやって来て目敏《めざと》く言った。じゅうぶん、まにあってるのに。それに、もうすぐ、手放す子なのに。ふきのとうが出てきたら……、あれが生えたら、春でしょう。今日は見つかりませんでしたが。

縫い途中の濃紺のベビー服から顔をあげると、アイは枯れ枝をたくさん抱えている。森に入り、乾かしてストーブへくべる用に拾ってきたのだろう。

手放すのは、わかってるけど、あの子には、いままでわたしが作ってきた露骨に女の子っぽいのより、そうじゃないのが似合いそうに思えてきて。別れが近いのは承知のうえで、自己満足で作ってみてるの。

余裕を湛え口角をあげてみせた。向うは同情を注ぐまなざしになった気がして、怯んだ。

お昼……、あの子、初めて林檎を食べました。水煮したのを。いまは、先生が抱っこして畑のほうを散歩してます。会いたくないなら、そっちへは行かないでくださいね。

服は夕方までに完成し、家へ持って行き、先生たちがユキに着せ替えてやるところは見ないで屋根裏へのぼった。

姉さん、ユキは、お風呂に入って寝ましたから。大人だけで夕飯にしましょう。アイに呼ばれ居間へ降り、午前中にリツが三時間煮込んでおいた鹿肉のシチューを稗《ひえ》入りごはんにかけて食べる。

サイズはぴったりで、いままでの服のなかでも抜群に似合っており、赤ちゃんモデルもできるのではないかと思った、という感想を聞いた。そっけなく頷いてみせ、その姿を自分はあえて遠ざけている不自然さに胸の底が焼けつく。全力で振り払った。

二時頃、意識が冴えて寝返りをくり返していた。ユキが眼ざめた気配がした。先生たちが気づくようすはなく、迷って、起きた。ユ、キ。声には出さず名前を呼び、覗きこむ。手探りでキューブ型の灯りのスイッチを押す。まばたきした。リツの影を瞳に映すなり、このあいだと同じ満面の笑みを浮べた。

ふぁー、あー、うー。

腹這いになって自力で顔をあげ得意げにほほえむ。

呼吸を整え、ついに、抱っこした。腕のなかで、すでに座った首を動かす。瞳を輝かせ、くちびるをちゅぱちゅぱ、ミルクを吸いあげたそうに開閉する。他のふたりがやっていたのを思い出し、よし、よし、あやしてみると自分が自分ではなくなるようで居たたまれず、早く、どちらか起きてくれと願い、こんなときに限って躓《つまず》きそうなのが本気で怖くて足もとを注意し、揺らして寝室をひと周りした。温かく、しがみつかれたら、お尻が重く張っている気がする。尿が溜まっているのだろうか。生理があった頃の、多量の血を吸ったナプキンをつけているときの不快さを思い起こした。同じ感触を味わっているのだとしたら不憫で、階段を降りた。

ストーブの火は落ち、室内は冷え始めていた。いつも、換える際に先生たちがするように洗面所へ入り、バスマットに寝かせた。ふえ、と情けない声をあげ眼と口を歪めた。パジャマのボタンを外し肌着もおむつもぬがせ、にゅっ、とあらわになった突起を眼にした。総毛立つようで、汚れているおむつでおおい、へたりこんだ。ユキの顔は赤みが強まり、我慢ならなくなったらしく耳を抉《えぐ》る声で泣きだす。硝子玉と見紛う大粒の涙をこぼす。

リ、ツ。ごめんなさい。
ふり返ると、パジャマにガウンを羽織った先生がいた。ユキのまえまで歩み入って、だまって屈み、あの子の下半身を背中で隠すようにして、手早く新しいおむつに換える。肌着も換え、服も、夕方に試着したばかりの濃紺のものにした。ロッカバイベイビー、クレイドルアンドオール。マザーグースの子守唄を囁き居間へ抱いてゆくのを、リツも、ふるえをこらえついていった。なんなんですか、これは。怒りと呆れがない交ぜになり訊いた。許して。ばれるのは……、わかっていた。でも、こうするしかない気がしたの。おかしいかしらね。ミルク、作ってくれる。

頼まれるまえに体は動き、台所へ入って湯を沸かしていた。二階を見あげアイのいびきを聞き取った。きのうは、リツが熟睡していたあいだにユキは執拗に夜泣きをしたそうで、相手をして寝なかったと聞いた。今夜はその疲れが出ているのだろう、と薬缶から蒸気の噴きあがる音を聞きながら推測した。あの妹分は、仕事も家事も、なにをするにものろまなくせに、自分は手さきの器用さを頼られ、男児のおむつや服を作らされていたのか。そう捉えると屈辱が募った。

冷ました哺乳瓶をいつもより乱暴にシェイクし、一滴、手の甲に垂らしたらまだ熱くて、このまま飲ませて火傷させようかと閃く。さきほどの笑みがまならうらによみがえり、人肌に冷ました。だれかに苛立ちをぶつけたかった。

どうせ、あと何日かで春です。先生、いま、この子を捨てにゆきましょう。アイが、知らないうちに。いましかありません。

ユキは、先生がミルクを口に含ませるとおとなしくなった。膝に抱かれ吸ってゆき、飲み終ったら、背中をさすられげっぷをした。そのまま、先生の胸に凭れ眠りに落ちた。

そうね、……養子縁組をしようとしても、あなたたちに子育ては向かない。審査ではねられるしね。

恨みがましい響きのこもった先生のぼやきを背に、リツは着替えて車のエンジンをかけに行った。子育てなど、自分は全然してみたいと望んだことはないのを先生は百も承知のはずなのに、そんなふうに侮《あなど》るなんて。新たな怒りがこみあげた。うつむいて膝に手を置いたら、冷静さが戻った。あの子の存在に、度を超えて調子を狂わされているのだ。

五分後、先生は、覚悟を決めたらしく卵色の毛布でくるんだユキを抱いて現れ、うしろへ乗りこむ。丘のうえに広がる空には星々が犇《ひし》めき、ひとつひとつがなにか語りかけるみたいに蒼白く瞬き銀の光を滲ませていた。

一台の車ともすれちがわないで山を抜け、国道へ出た。道の駅の表示が見えてくるまで先生もだまっていて、車内にはユキの寝息だけが平和に聴こえていた。お別れは、なごり惜しいでしょうけど、まあ、予定を越えて楽しんだんじゃないですか。吹きだしそうになるのをこらえ皮肉まじりに話しかけたら、刺さったのがわかる沈んだ声が返ってくる。

あなたの、この子には触れない、抱かない、という作戦は成功だったわね。わたしたちは、完敗。

トイレの真ん前に車を停めた。外へ降り、帽子を目深に被ってユキを受け取る。たすけて、と書いたカードも渡された。お客さんに手紙をしたためる万年筆の字だ。

筆跡で、犯人だとばれます。いりません。

初めて先生に反抗し突き返した。おなかに貼りついたぬくもりにうろたえて、自分を鞭打ち、換気扇の回る音のするトイレへ駈けこんだ。だれもいない。ユキを抱く腕に力をこめ、手前の個室のドアをあける。そこに、万が一、見知らぬ人の死体でも倒れていたらどうしよう、と考えた。日を置いてまた来よう。床へ踏み入るなり、人工の金木犀のにおいが鼻孔に押し寄せ眩暈《めまい》がした。金木犀はむかしから、本物であっても甘ったるさに頭痛を起こす。

洗面台の鏡に映った、紫の隈《くま》をした自分の顔を異様に醜く感じ、ユキの寝顔を見おろした。儚《はかな》げながら規則正しい、その呼吸音に聞き入った。脚をひろげさせ、付け根の部分にナイフをあてがう自分を思い描いた。横へ刃がすべる。死んだ鹿ではない。どれだけ血が噴きだし全身を激烈な痛みがつらぬくのだろう。

足もとに力を入れ、抱きなおす。富士山のかたちに閉じたくちびるはつややかで、頰を薄桃に染めている。もう四半世紀もまえに首都のウィークリーマンションの一室で睡眠薬を過剰摂取し死んだ叔父から、呪われ、縛られつづけている気がしてきた。自分はいい加減に、解き放たれてよいのではないだろうか。

帰り道には雨がしめやかに降り始めた。夜のうちに丘に着くとアイが外で待っていて、傘もささず駈け寄り窓を覗きこんできた。

ユキ、ユキ、ユキ、ユキ。

ドアをあけるなり、先生から引ったくって抱き寄せた。いい子、いい子、獰猛《どうもう》に吼《ほ》えるのに似た涙声であやし家へ入る。リツたちがあとへつづくと、頬ずりし階段をのぼっていった。アイは、二階の手すりからこちらを見おろし訊いてきた。

姉さん。ドライヴ……、どこまで行ったんですか。

おむつなら換えたよ。

リツは、杭を打つような重みを声に含ませ答えた。コートを玄関に掛けると、先生が、冷えたわね、と呟き台所へ入り白湯《さゆ》を沸かし、湯呑みに注いでくれた。居間で斜めに向いあって、息を吹きかけ、啜った。ずず、と漏れる音が重なってはずれる。眼は合わせられず気まずかった。

力がぬけたらしくソファに身を沈めたままの先生を置いて、リツもうえへあがった。薄暗がりで、アイはユキの寝た布団の傍らに正座している。こちらを見あげると、まっ赤な眼をしていた。騙すつもりは、なかったんです、と切りだした。姉さんに教えるまえに、手放すんだとばかり考えていました。

憮然として視線を逸らし、もういちど、服からパジャマに着替えた。ふり返ったら、アイはつまさきにすりつけそうに頭を下げてきた。ごめんなさい。絞りだす声も、ちぢまった肩さきもふるえている。リツは、あらためてユキの寝顔を眼にしたら、憎しみは萎えた。

男全般に四十年あまり抱いていたものの、アイたちにこみあげたものも、つかのま、引っこんでゆくようだった。先生もうえへやって来る。五月の半ば頃までは、冬日もあるでしょう。捨てるのは、夏が近くなってからでもいいんじゃない。諭《さと》す口ぶりで提案され、まえから疑問でしかたのなかったことを訊いた。

この子は、……なんで、朝になるたびにあんなふうに心から、会えて嬉しい、みたいな笑いかたができるんでしょう。生きているだけで、そんなに嬉しいんでしょうか。

ああ……、そりゃ、真暗かったのが明るくなって、知ってる人を見つけて安心してるのよ。

考えたことのない心理だ。リツは、だれかに安心感というものを与える存在に、いま、初めて自分がなっているらしいことを知った。

じゃあ、もうちょっと、いっしょにいてみたいです。嘘をつかれていたぶん……、せめて、三ヶ月。そのあとは、わたしが、責任を持ってどうにかしましょう。

四月に入ると、丘にはいたるところ、雪を押しのけながらふきのとうが芽生えた。ころんと固く丸まった蕾《つぼみ》のままのや、ほころび始めたばかりなのを摘んで、連日、天ぷらに揚げたり、酒としょうゆで香りを残して煮たり、味噌汁にちらしたりして、ほろ苦さを味わった。森のなかでは、見えない敵に挑みかかるように花びらを反らしたカタクリが群れて咲いて木洩れ日を透かしていた。野良仕事も始まった。

すみれが咲き始めたら、先生は毎日、上機嫌だ。花をふんだんにあしらったちらしずしや、姿を閉じこめたゼリー、砂糖漬けを拵《こしら》える。ユキが風邪を引き咳をしたら、花を煮たシロップを舐めさせ、根っこ、茎、葉を煎じた液ものませて治した。体質が合うのね。いとおしげに笑った。まさしく妖精ね。

屋根裏には、先生が、町の幼稚園が閉ざされるときに譲り受けた絵本が、段ボール何箱ぶんも眠っていた。忘れられていたのが日の目を見た。女たちは、仕事と家事のあいまにかわるがわる読んでやり、あの子の、色彩や言葉の響きにたいする反応を面白がり、ぬいぐるみや積み木で遊んだ。リツは鹿の角や骨を削り、貝殻を模したおはじきを作った。角笛で童謡を吹く練習をした。自分好みの本を読んだり、映画にうつつをぬかしたりする余裕が減ったのを、なんとも思わなかった。

ある午後、郵便局まで行った帰り、知らない人の家のまえに、ご自由にお持ちください、と貼り紙のあるベビーカーを見つけ貰い受けた。むずかるのを座らせ、畑の脇の桜の老木の下へ連れだした。ぼわんとふくらんだ花の雲を見あげ、あの子はなにか打たれるものがあったらしくまばたきし、くちびるを縦にひらいた。鼻の穴までひらいた。首を回し、ビー玉のように光る瞳を幾度も瞠ってはその奥に、夢幻へ誘いだしそうに重なり揺れる花たちと、すきまに覗く水色の空、流れる綿雲を映しだしていた。

しろつめくさで編んだ冠を頭にのせたら、王子にも王女にもみえた。アイとふたり、草餅にするよもぎの若葉を摘みながら、リツは呟いた。

人間の子どもは、だいたい、どの時期から、性別、というものを意識し始めるんだろう。

わたしはユキには、やさしい女の子みたいな男の子になってほしい。あんたはどう。

アイは手を休めないまま、清清《すがすが》しい声で答えた。

自力で木を伐って家まで建てられるような子、ですかね。いろいろ想像はしますけど、アイデンティティが明確になるまえに、別れるんですよ、きっと。

その春の姫筍《ひめたけのこ》は、ぜんぶさきに熊に食べられた。辺りに繊維まじりの糞が落ちていてわかった。どっさり採れたわらびは塩漬け、ぜんまいは干して保存する。インド風にクミンで炒めたり、ギリシャ風マリネでも楽しんだ山菜の旬はすぎ、夏が近づいてくる。

ヒロ

九月の終り、白いパジャマの男児が発見されたショッピングモールへ、ヒロは、ひとり自転車で向った。ギアをあげ坂をのぼり山道へ入る。勤めさきのホテルを通りすぎ山を降り、黄いろくなってきた田んぼが両脇に広がる道へ抜けると、月、水、金、夜番を共にする後輩の、つねに憂いを帯びた面持ちを思い描いた。

最近、あまりごはんを食べていなそうに痩せてきた。なにか困っていることでもあるのかどうか、いちど、お節介、と受け止められるのは承知のうえで話しかけたほうがよいのかもしれない。思案するうちに、西日を浴びたショッピングモールが迫ってくる。

駐車場の片隅に、婦人警官と眼鏡をかけた初老の男に付き添われ、幼い男の子がいるのが眼に留まった。うなだれ、表情は影が差している。

自動ドアから、見あげるように天井の高い店内へ入った。エスカレーターが張り巡らされ、だれも乗せずに上下しつづけている。生活用品のチェーン店へ直行し、ベトナム製の下着類やタオルを買いこんだ。おもちゃ屋の場所をたしかめ三階へ向った。どこかから連れてこられ、ひとり放り出されたのだろうパジャマの子は、生まれて初めて眼にしたのかもしれない、うぃんうぃんと唸りながら動く黒い階段が怪物にみえはしなかっただろうかと思いを馳せた。運ばれながら手すりに触れると、アパートから三十分、ノンストップでハンドルを握りしめつづけていた手は冷えていて電気のぬくもりが沁みた。よろけて降り、プラレールの売り場を見つけた。

パジャマの子は、ここへ辿りつくまで、だれともすれちがわないですんだか、見て見ぬふりをされていた。別売りの線路のうえを電池で走る、あらゆる新幹線や電車、汽車のミニチュアの積まれた棚があった。いかにも四、五歳の男児らしい好みから手に取る。リュックへ摑み入れ、堂々と出てゆこうとして取り押さえられる場面を瞼に浮べた。

フードコートを歩き回りおもちゃ屋へ戻った。さっきの子が警官たちと入ってくる。柵のなかで、トンネルや鉄橋、採石場などが、本物らしく再現された山奥の線路を赤い電車が走っているコーナーまで来て、立ちどまった。眼鏡の男が屈み、同じ目線になって訊く。ね、クマ、オ、くん。なぜ、これをほしかったの。どうして、電車、赤いのがよかったのかな。

ヒロの位置からは、男児はうしろ姿がみえるだけだ。背中まで届く髪をひとつに結んでいる。

なんでもいいから、なにか言ってみて。ね、赤い電車の走る町にいたのかな?

だまったまま、身をひねった。こちらへ顔が向いた瞬間、子どもらしい精気が抜け落ち疲れきった眼を、消え去りたくてたまらなそうにしょぼつかせているのがわかった。まえへ向きなおり、うつむく。男に肩を押されヒロのいるほうへ近づいてくる。脇を通りすぎ、トイレへ入っていった。ヒロは警官に話しかけた。

いまの、地元ニュースで話題になった、身元不明の子ですか。万引きしようとしていた、という。

市内の施設におり、男が園長を務める保育園へ通っていると教わった。トイレから出てきたクマオは、のっそり、園長に手を引かれ戻ってきた。猫背でうつむき、眼はざんばらっぽく伸びた前髪に隠れ、機関車が活躍するアニメのテーマソングの響く店内でひとりきり、周りにねずみ色の霧が立ちこめているみたいだ。ヒロは、事件の解決を祈っています、と警官に告げ、早足でエスカレーターに乗った。

歩いて降りてゆきながら、五年まえ、シャトーサンマリノで何者かに売られるか譲り渡されたサキの子は、ずっと、人知れず生きのびていて、ふいにここへ出没したのだ、という空想が閃いた。ありえない。財布の残りをたしかめ、自分の罪の意識を投影させているだけだ、といくら言い聞かせても、筋書きはふくらみあがってゆく。

このまま、誘拐犯が見つからなかったり、親族であると名乗り出る人がいなければ、孤児の扱いで育つのだろうか。同じ歳の頃の自分は、絵本か何かで、みなしご、という言葉を知って、その身分に憧れたのを思い出す。育った家には、三浪して入った美術大学を中退し他にも迷惑をかけて以来、年にいちども寄りつかない。父を継いで泌尿器科医になった兄に、米を買えなくなるほど困ると送金を頼んだりアパートを借りる際の保証人をお願いする以外、いまの自分の状態は四十一歳でみなしごのようなものだ。

もしも、サキに相談されていたのなら、堕胎にかかる費用は兄に目的を伏せて貰ってもよかった、などと考えだしたら、いっそう苛《さいな》まれ眠れなくなった。

翌日、控え室で居合わせた後輩が、レーズンパンを齧《かじ》りながら携帯をいじっていた。食べ終るタイミングを窺い、切りだした。

あの、怪しい質問、と思われるかもしれないですけど、いま、なにか困ってることって、あったりしますか。べつに、怪しくないです。

向うは顔をあげると睫毛を瞬《しばた》かせ、え、なんのことですか、訊き返した。正面からヒロを見つめる。知りあった頃のサキより若そうだ。

いっしょに、この国へ来た子たちと共同でアパートを借りて暮してるんですよね。社長から聞きました。わたしは、ひとり暮しなんですけどね。なにか、お悩みのこと、たとえば、同居してるお友だちには言いづらいようなことなど、もしあれば、話してくれませんか。せっかく、職場が同じなんですから。よかったら、助けあいましょう。

翌週、経口避妊薬を常用しているかどうか小声で訊かれた。必要なメンバーがいるものの、だれも保険証を持っていないため、手に入れるには法外なお金を取られる。処方してもらえなくて困っていると明かされた。

ヒロは、夜勤を終えてから昼まで寝て自転車を駆った。クマオを見かけたショッピングモールのまえを通り、角を曲がり新興住宅地へ入る。検索して評判のよかった産婦人科医院を見つけた。川のせせらぎっぽい音楽の流れる桜色の内装の待合室に座っているのは、妊婦や赤ちゃん連れが多かった。奥のほうから、この世へ取り出されたばかりらしい子の泣き声がけたたましく響き、呼応するように泣きだす子もいた。

問診票をひろげ、妊娠の経験を問う欄は、無、可能性についても、無、に丸をした。目的はピルの処方、避妊、とつけ加える。隅で文庫本を読む中年女は疾患の検査か治療中に思え、その横に座っている黒いカーディガンの子の目的は、中絶手術でなければよいが、と願った。大学生くらいにみえた。

胎内に、新しい命が宿ること、順調に発育していって生まれ出ることを祝福する雰囲気に支配された空間で、来院理由にならぶあの言葉に丸をするのは、どれだけ、固い決意と度胸がいるものなのかと脳裏をよぎった。周囲の物音から遮断され、視界が翳《かげ》る。足もとにあいた穴へ、自分ひとり転げ落ちそうで脂汗が滲んだ。ここ、いいですか。カーディガンの子に声をかけた。だれかの出品した洋服の写真がならぶ携帯画面を見つめたまま、頷いた。

つ、つ、つ、すべってゆき、しょっちゅう、ワンピースやカットソーのうえで思案するらしく止まる指さきは、先端まで整えられ淡い紫のマニキュアを塗っていた。盗み見られているのには気づいていない。爪など磨く余裕があるのなら、きっと、目的は別ではないかと胸をなでおろしそうになり、サキはあの夜、ラメ入りのを施していたのを思い返す。爪ひとつで内面は窺い知れない。

名前を呼ばれるのを待つあいだ、近くの棚にならんだ雑誌を取ってくる気も起きず、膝に手を重ねた。呼吸をくり返すうち、処置を申し出られなかったサキの心境に、微かに触れられた気がした。みずから栄養を分けあい着実に成長し重くなってゆく生命体を、日に日に持て余しながら縛りつけられ、どうしようもなくなっていった。

処方箋の発行へ漕ぎつけた。二十八錠一シート三千円。ヒロにとっては、三日ぶんの食費に値する。

帰り道、もとは荒れた野原だった辺りの開発が始まっているのに気づいた。行きは反対側を走っていたからわからなかった。樹々に囲まれたログハウス風の平屋が眼に留まり、喫茶店かと思ってたしかめに行った。足もとでバッタが跳ねた。柵のまえで見憶えのある人影が掃除をしていた。クマオに付き添っていた園長だった。

背中越しに覗く、光に満ちた硝子戸の向うでは、子どもたちが思い思いに床に座って絵本を読んだり、カラフルな積み木で遊んだりしている姿を摑めた。森のことり保育園、という看板を見つけた。お迎えが来ては、ひとり、ふたり、立ちあがって玄関へ向う。親子のうちの何組かは、手をつなぎヒロのそばを通りぬけていった。

クマオは、いま、ここで遊んでいるのだろうか。もう、帰っただろうか。

背伸びしてみたもののそれらしい子は見当たらず、あまりうろついていたら不審者と疑われるのにちがいなく、引き返した。再び、風を切り自転車を漕いだ。夕飯をすませると、嘔吐、頭痛、といった副作用について注意する口ぶりが威《おど》すようだった医師から得た説明書の漢字すべてにふりがなをふった。翌日、後輩に、薬と共に差し出した。もともと、持っていたものだから。今回は、ただでいいです。

でも、高いでしょう、お金は出しますから、いくらか教えてください。予想外に食い下がられる。見つめてくる瞳は潤んでいて、ヒロは、その奥に揺らいで映る自分の姿に気づくと、体のなかに居座りつづけている、サキを助けられなかった悔いの塊が削られるように感じた。いいの、いいの。また、他に困っていることがあれば、遠慮なく言ってね。ありったけのおおらかさで笑い返した。後輩は、あっけなく折れた。袋を受け取り、いつも持ち歩いている、蓮の花咲く農村風景の刺繍されたシルクっぽいポーチへ仕舞った。

ほんとに、ありがとうございます、あの、カ、エ、ル、は食べますか。わたしたち、田んぼにいるのを網で捕まえて、ソテーにします、チキンと似た味。お礼に、ごちそうしようかと。

無理、無理、爬虫類も両生類もきらい、つくろって笑いながら、じつは美味なのだろうかという思いを振り払う。向うは、わたしたち、虫も捕りますよ、蟬はからあげにしたり、と木に止まって翅をふるわせ鳴くのを立ちあがって摑む動きをし、照れくさそうに笑った。ヒロは、蟬を食べるなんて考えたことがなかった。

何年も土の下で眠っていて、羽化してからは一週間くらいの命しかないのを、からあげにだなんて。おやつです。嚙み砕き味わってみせる仕草を見せられた。夜に包まれてゆく控え室で、初めて、この人と笑いあった。

みんなで野良仕事へ出る時、女たちはかならずユキを連れていった。木陰にピクニックシートを敷いて、かわるがわる、面倒をみた。かご作りの名人である先生は、野にあるものでおもちゃを作るのも得意なことを、アイは初めて知った。自分は教わっても不恰好にしかできない。リツは、たちまち上手く作れるようになった。

沢のほうへ行ってくるね。リツはそう言って、鋏を手にカンゾウのほそながい葉を採ってくると、ぴっちり折って重ねて、十二単衣を纏《まと》った姫君にみえる人形を何体も作った。しろつめくさの他にも、れんげ草を編んだりおしろい花をつないで首飾りにし、たんぽぽは、茎を裂いていってペンダント状にしたり、小ぶりの花束をふたつ、丸っこくなるように結びあわせてまりにした。

リツは、手を動かしているあいだは憑物《つきもの》が落ちたみたいになる、とアイは思った。ど派手なオレンジのチョッキを着込み血と内臓のにおいを漂わせ狩りから帰ると、この人はいつも、獲物を捌くために玄関脇の部屋にしばらくこもる。アイはいままでに、狩りにつきあったことも、姉貴分の聖域であるらしく思える、銃を収容したロッカーに弾丸、鹿を捕まえるためのくくり罠《わな》、解体用の道具や燻製器に触れたこともなければ、ドアがあいている時であってもあの部屋に踏み入ったこともない。手伝わないか、と誘われることもない。

アイが眼にする時には、哀れな獲物はすでに、料理しやすいように冷凍用のパックに入れられた、ワインレッドやばら色の肉塊、黒に近い赤色の艶めかしいレバー、ハツ、乳白をした網状の脂、出汁を取るのに使う、皮を剝がれた頭、と化している。鬼神めいた眼つきで血にまみれながら切り分けているのだろうか、と畏《おそ》れていたが、案外、花や葉っぱでなにかを拵えているいまと同じ柔和な面持ちでナイフを操っているのかもしれない。

秋のさなか、畑の柿の葉が、表面にニスを塗ったような真紅や橙《だいだい》、黄や茶を地に、緑や黒の斑点のちらばる模様に染まると、先生は、虫食いのないのを選んで拾った。いちまいずつ、切れめを入れて折って、和装にみえる大小さまざまな人形を作った。友禅風のものを花嫁に見立て、黒味の強いのは花婿、茶系は仲人、花嫁のお付きの子ども、両家の親族までそれらしく作り、草むらにならべる。さらに、一本の長い枯れ枝に刺してみせ、陽の光にかざすと、ユキは起きあがって手を伸ばし喜んだ。

これね、むかしの嫁入り行列よ。先生が子どもの頃、姉《ねえ》やが作ってくれた。……姉や、と言っても、あなたにはわからないでしょうけどね。姉やは、十七でお嫁に行ってしまった。

幼い子に向って切なげに語りかける先生に、リツは引っかかったらしい。

先生、家、を出てここへやって来たわたしたちのまえで、嫁、なんて言葉の出る話は止めて頂けませんか。

　抑えた声には暴走しそうなむかつきが滲んでいて、アイは気圧《けお》されまばたきし、いまの説教に、先生は怒りだしはしないだろうかと横眼で窺った。自分はどちらの味方につくべきなのだろう。

　あら、ごめんなさい、わたしとしたことが。ユキ、これは、旅芸人の行列よ。まえの戦前の、た、び、げ、い、に、ん。

　正面に置いてやったら、這いつくばって一体ずつに見入り、触り、おなかのうえで引きちぎろうとする。しゃぶるのは止めさせた。初めて知ったけど、風情のあるものですね。アイが感嘆すると、リツは、拾ってきたなかで最もちいさくて真赤な葉で追加の人形を折りながら、子どもにあげるおもちゃなんて、プラスチックや塩化ビニール製のものを買うより、こういうのが理想じゃないの、と応じた。どうせ、すぐに飽きられたり壊れたりするしね。

　その午後は、柿の葉寿司を作るための葉も集めて帰った。夜のうちに仕込み、重石をかけてひと晩置く。いつもなら、具は、しめ鯖とサーモンの刺身、二種を用意する。昨秋、みんな、鯖に当って死にそうな思いをしたから、今年はサーモンのみだ。問題の鯖を、車で一時間かかる沿岸部で仕入れてきたうえ、しめたのはアイの担当だった。リツから、ほんとうは鯖が好きだけどねえ、怖くなっちゃった、などとこぼされ、そのしつこさに辟易《へきえき》しつつ、腰低く謝り、ひとつずつ、箱に詰めた時に赤から茶までの移ろいを織りなすよう葉を広げ寿司を包んでいった。

丘にいる限り、まあ、さすがに、三歳が限度かな、とは思うけど。男の子であっても、いわゆる、男の子らしい男の子にはなってほしくない。はなやよだれをたらしまくって汚くしていて平気だったり、泥まみれで遊ぶのが好きで汗臭かったりするのは、わたしといるあいだは、ありえない。フランス人形のようにしておきたい。

まもなく推定二歳を迎えるユキは、いまのところ、リツが望む通りに育ってみえた。アイは、男の子であるならば、もっと奔放でいたずら好きでよいのでは、と不安をおぼえることがあった。実際に、元気が有り余っていて一秒でも眼を離したらなにをしでかすかわからない子だったら、相手をするだけでさらに疲れ果てるはずで、想定より手間が掛からないのには助かっていた。

家の裏の森へ、野苺や木の実、きのこを採りにゆくときも、女たちはユキを欠かさなかった。まだ歩けぬうちからおぶって連れだした。胡桃《くるみ》の自生する沢辺があの子のお気に入りで、女たちが実を拾い集めるあいだ、ひとり、岸に群れ咲く野菊の花びらをむしっては水面にばら撒いたり、鳥たちが中身を食べたあとに放り捨てた胡桃の殻、小枝、小石などを気ままに投げ入れた。落ちた瞬間の音に聴き入り、波紋が生まれては消えるようすをいつまでも見つめて飽きないみたいだった。

ひとり遊びが好きな子なのだろうか、とアイは思った。同世代との集団生活に馴染めなくて疎外される性質なのだとしたら、やはり、いつまでもここに置き、大人たちと暮してゆくほうが、幸せなのではないか、と自分に問いかけた。

熊は、栗林ではモンブラン、山葡萄の生えているところでは山葡萄ジャムにそっくりの糞をする。ある朝、アイはユキをベビーカーに乗せ畑へ出ようとして、柿の木に真黒いのが登って熟した実を貪《むさぼ》っているのに出くわした。く、ま、く、ま。叫んで鈴を鳴らし、みんなで家に引き返した。双眼鏡で覗きこむと、人のさわぎには動じず陶然とした瞳でゼリー状の果肉を味わいつづけている。

増えすぎた鹿はともかく、熊は、危害を加えてこない限り命を奪いたくない、というのが先生の考えだ。満腹になって去るのを待ち、あとで、周りの草を刈って新たに電気柵を設置した。次に、熊、来たら爆竹で追い払わなきゃ。だれかをおそおうとしたら撃たないとね。アイヌ語で、カムイオハウ、と言ったかな。熊汁にしましょう。熊、熊、みんなが連発したせいか、ユキは、そのあと何日も、家にあるあらゆるものを指さしては、く、ま、く、ま、興奮さめやらず呟いていた。

十一月に入り、丘を降りてぬいぐるみの郵送や材料の仕入れのために先生とリツが出かけた午後、ユキに向って、あなたは、男よ、お、と、こ、の、こ、とくり返し語りかけてみた。ストーブのまえで絵本を読んでやりながら説明する。

これこのノンタンは、ほら、あんよのあいだに、おちんちんがあるよね。そこから、おしっこが出るでしょう。

ちー。

ユキも、ここには、おちんちん、あるから。でも、アイには、ないの。ないから、アイは、女。ノンタンやユキは、男、っていうの。

おと、こ。へへっ。

こぐまちゃんは、男の子。しろくまちゃんは女の子。しろくまちゃんはホットケーキを作って、ユキは、ごちそうになってお片づけをする、こぐまちゃんのほう。ユキもホットケーキを作ったってよいけどね。だるまちゃんも、男の子。大人になって女の人と結婚してお父さんになったら、だるまどんになる。

だるま、ちゃーん。おとう、たん。

あの子は、自分へ向って親身に投げかけられる言葉のなかから、響きに魅力を感じ発音しやすそうなものを選んで、気ままに唱えているようにみえた。日々、この経験が積み重なっていったら、いずれ、なんらかの効き目があるのではないか。アイは、その考えに縋《すが》った。時には、リツの作るお菓子のなかであの子のいちばん好きなチョコレートブラウニーで釣りながら、根気強く、絵本に出てくる男の子とユキは同じだと教えつづけた。

でもね、ユキが、男の子、であることは、リツには、アピールしなくていい。

抱き寄せて囁いてから、わかるわけがないのに気づく。リツには、内緒ね、と言いなおした。

あ、い、お？

あどけなく輝く瞳を下から向けられ、しぃっ、人差し指を自分のくちびるに当ててみせた。向うも受けて、しぃっ、わざと掠れさせた声で呟き、同じ仕草をする。しっ、しぃっ、ユキは居間に飾った静物画やデッキに吊した柿にも言い聞かせて回った。

丘のうえでは、十月の下旬から長い冬に備えた支度が始まる。畑に残っていた作物をすべて収穫し、腐葉土にする落ち葉を集める。湧き水を引くパイプを点検し、大量の薪を割り、除雪機を修理する。ひと段落した頃、おそらく晩秋生まれであるユキの二回めの誕生パーティーをひらくことになった。

すでに陽が沈んだ五時すぎ、アイは、あの子をお風呂に入れていた。泡立てた体をすすいだところで急に頭が重くなった。ユキ、ユキ。アイは、なんか変。ひざまずいて、シャワーの水音が遠ざかった。

がっがっ、ぐわっ、ぐわっ。

あひるを真似るふざけた声が大きくなってゆくのを朧《おぼろ》げな意識のなかで聞いていると、ふいに、背中に触れられる。うずくまったまま眼をあけた。もうお湯は止まっていた。脱走、したのよ。先生の声にふり返った。あいたドアの向うで、全裸のままのあの子を抱きかかえ、呆れた面持ちでこちらを見おろしている。台所では、リツが作っていた、ユキの好物でもある林檎のクラフティが焼きあがったようで、廊下を通りふくよかに甘い匂いが漂いこんだ。

アイが貧血を起こし動かなくなった浴室から、ユキは、頭の天辺からつまさきまでぐしょ濡れの姿で抜け出し、オーブンからクラフティを取りだそうとしていたリツの側へ来て、ばぁッ、万歳し大股をひらき、水の滴る先端を見せつけたらしい。さらに、かんかんに熱いオーブンへ向って手を差し入れようとし、振り払うと背後へ回ってズボンにしがみつき、ふくらはぎの辺りにあれをこすりつけた。先生が引きはがすなり、リツは、すみません、とだけ苦しげに呟いて屋根裏まで駈けのぼった、と聞いた。

こんなに、ちっちゃいのにねえ。かたちは、なまなましいものねえ。ショックだったみたいで。

ちゃんと、躾《しつ》けなきゃいけませんね。

わるびれないで笑い、ふぁう、おぅ、ばぁー、口ずさむように喋りつづけるユキの体をバスタオルで包んで水気を拭い、パジャマを着せた。居間のテーブルには、ユキの好きな南瓜《かぼちゃ》入り蒸しパンや人参ポタージュ、大人用の鹿肉赤ワイン煮込み、野生のきのこピザ、大根と柿を和えたサラダなどがならんだ。姉さん、みんなでお祝いを。アイは、うえにこもったリツを何度も誘いに立った。

わたしは、今夜はいい。力のない返事が返ってくる。ひとりぶんを取り分けて運び、ドアのまえに置いた。先生がフェルトの指人形をはめてユキを楽しませてやっている、暖かな居間まで降りたところで、真上からドアの控えめに軋む音が響き、ふり返って見あげた。受け取ってくれたのを察した。

おととしの春、リツが、ユキの性別を承知したうえで心機一転、同居し始めたばかりの時期にあったことを思い出す。アイが、野良仕事のついでに山菜を摘むのに熱中し、あの子が昼寝から眼ざめる頃合いを忘れて家へ戻ると、爆発したような泣き声が聞えた。慌てて飛びこんだら、その日は胃腸の調子が優れず休んでいたリツが、抱っこしながら居間を歩き回っていた。

あら、アイおかーたん、帰ったよ。ほおら。それまで耳にしたことのなかった、滑稽にもうわずった声で囁きながら、涙も鼻水も流れ放題で顔をぐしゃぐしゃにしたユキを寄越した。ごめんね、おかーたん、戻りました。アイが、頬ずりし抱きしめたら嗚咽は収まっていった。

トイレにいたせいで、泣きだして一分くらい放っておいたの。部屋がもう、暗かったから、周りにだれもいないのとすぐ来てくれないのとで、宇宙の片隅にでも置き去りにされたみたいな心ぼそさにおそわれたのかな。怖かったかな。さびしいだけで、こんなに泣くもの?

生んだ人のおなかに十ヶ月いて、いまは、推定生後五ヶ月。まだ胎内にいた期間のほうが長くてなつかしいから、抱っこが大好きなんだそうです。

アイが、先生の受け売り通りに答えたら、へぇ、そういうものなのか、リツは虚を衝かれたらしく後じさった。こちらをわけもなくかきむしる響きを秘めた声で呟いた。

わたしにも、……そんな時代があったのかな。

アイは、初めてリツの胸の奥にあるものを垣間見た気がした。波紋を描く声の向うには深い裂け目が広がっていそうで、そのさきを探るのは押し留められる。

ごはんが終ると、クラフティの真ん中に廃油から手作りしたろうそくを二本立てる。揺らめく炎を、アイが代りに消した。ユキは、大人と同じひと切れを平らげるとむずかり始めた。床に降ろしたら、階段へ歩み寄って這いあがりだした。

アイも、背後からついていった。あの子は二階まで辿りつくと、立ちあがってまたよろけながら歩き、屋根裏へつづく急勾配の階段をよじのぼる。リッツー、リッツー。ドアへ向って名を呼び手を伸ばすのを、アイは抱きあげ、拳を握らせノックさせた。姉さん、ユキも、ごめんなさい、って言ってる。こっちへ出てきて、ってお願いしてるよ。話しかけても、こんどはなんの反応もない。ソファベッドで寝たのかもしれなかった。もう、二度と、ストリップはさせませんから許してください。そう書いたメモをドアの下から差し入れておいた。

年内いっぱい、リツはユキを中心とする輪から外れ、正月を境に少しずつ戻った。離れていたあいだに、テレビをインターネットにつなげると無制限で見られる、電車や新幹線がただ走ってゆくだけの動画を流すチャンネルに、あの子が熱中するようになったさまに衝撃を受けたらしい。テレビは、ノルシュテインとかの良質なアニメ以外、見せないで育てようって決めたよね、とアイに詰め寄った。

わたしたちが仕事や家事をしているあいだ、こういうのを点けていたら、おとなしくしてくれるんです。

莫迦《ばか》じゃないの、とリツは吐き捨て、いきなり電源を切ると、ユキは狂った如く泣きだす。

最悪。電波に毒された現代っ子になったら、もう、おしまい。エイリアンと化したようなもので救いようがない。

でも、下界の子どもたちは、みんな、見てますよ。

エイリアンになったら、更生させるのは無理。こうなったら、眠ってるあいだにわたしが捨ててきます。耐えられません。

台所でボルシチの支度をしている先生に訴えにゆくリツを、ユキは追いかけて脚にまとわりついた。ふり返ったリツから鬱陶しそうに睨まれても、負けずに両手を伸ばし抱っこを求めた。

瞬間、蹴り飛ばされるのではないかと予想した。庇おうと飛び出すまえに、リツは、困惑気味にくちびるを半びらきにし、あの子を見おろした。リツー、リッツー。甘えをひそめた涙声で名を呼ばれると、さきほどの決意は挫けたらしく腰を屈め抱きあげた。ごめん、ごめん。あなた、賢くて大人の言葉がわかるみたいね。いまのは、冗談。いい子、いい子。

再び、こちらに託してきた。わたしは、ボルシチはうえで、と言って屋根裏へのぼっていった。ユキはまた暴れて泣き始め、アイは相手しておられずテレビに頼った。かん、かーん、かぁーん、あの子は、踏切の警告音を真似しながら笑みを取り戻した。学習塾の看板のある見知らぬ下町の線路を、赤い電車が走り抜ける。団地のベランダには洗濯物がはためき、遮断機があがると、制服の中学生たちが渡ってゆく。

ほどなく、リツは、乗りものに魅惑されるのは男である証拠を見せつけられるようで、つらい、バランスを取りたい、と言い出した。真顔だった。三月になるまえに、古着の着物の端切れを使ってひな人形を一式、拵えた。嫁、というひとことに抗《あらが》った頃と別人になってみえた。

男でも女でもない、透きとおった性の子にしたいんだよね。

張り詰めた瞳で呟き、フリルとリボンで飾ったパステルカラーの花柄のワンピースもあの子のために仕立てた。そういうものを着せることで、頭に焼きついた性器の存在を打ち消そうと考えたのだろうか。ユキは、アイの期待を裏切りいやがらないで袖を通した。

桃の節句の夜には、食用薔薇《ばら》の花びらをお寿司にちらし、お吸いものに浮かせ、香り高くあでやかな御膳まで作った。アイはリツのまえでは、髪もリボンで結び幼女にしか見えなくなったユキの可憐さを褒めた。内心、吐きそうだった。入浴時間も教育に充て始めた。

あのね、だれがなんと言おうと、おちんちん、がついてるのは、男の子です。アイは、ユキが大人になったら、ユキと結婚したいなあ。

け?

嘘、いまのは、う、そ。

二度と、リツを脅かす事態を引き起こさぬよう、先生にも戒められ細心の注意を払っていた。半月経ち、あの子は隙を突いて再びやらかした。

お風呂のために素裸にするなり走りだしたユキから逃げるように、居間で編みものをしていたリツはコートも着ないで外へ出た。夕飯が出来あがり、仕事場へ呼びに行った。窓に灯りが点っていた。うす青い雪に黄いろい光がこぼれていて、ミシンを踏む音が伝わってくる。やっと春らしくほどけ出した空気を縫ってゆくその音の向うにも、得体の知れない裂け目がぬめるように開いていそうだ。

姉さん、あの子、いわゆる、……いやいや期、というやつなんです、どうか、大目に見てもらうわけには。みんなで、ごはん、食べましょうよ。今夜のメインは肉じゃがですよ。頂き物の熊肉の。

向うは、だまって縫製をつづけた。家へ戻ると、先生は、ユキに白いんげん豆を煮たのをあげている。報告を聞くと、おしおきをするしかないわね、と呟いた。

ごめんね、こんなことするのは、いちどきりだから。とにかく、おむつをぬいだとき、リツのまえに出たら駄目。言う通りにしてくれたら、もう、しない。我慢してね。

うう、ぐぐ、叫んでもがくのを先生とふたりがかりで押さえて下半身をむき出させた。アイは、促されてあらわになった青みのあるお尻を叩こうとしたが、手がふるえ宙をさ迷った。この子は、なにひとつわるいことをしていない。風邪を引く、と先生に急かされ四、五回叩いた。手のひらに伝わる弾力に惨めさが増す。ぺち、ぺち、という音と感触にユキは怖れおののき、さらに鼓膜をつんざく声で泣く。

パジャマを着せ、抱きしめようとするとすりぬけた。ユキはそのまま、床に尻餅をついた。そのほうが叩かれるより痛かったみたいに泣き喚き、アイからしがみつき抱えこんだ。

新幹線、見よう。ほら、青いの、赤いの。

リツが戻らないのをよいことに、夜更けまで見た。アイも眼がしょぼつき、寝室へ連れてゆくとまた泣きだし、初めて、携帯で見せた。液晶画面を疾走する新幹線をユキは食い入るように見入り、消すと、泣く。明け方近くに力尽き、頰を寄せあい眠った。

翌週、また脱走した。

こんどは、リツは屋根裏へ逃げた。雪を一気に溶かしそうな雨の降る夜、アイは傘をさし、片手でおむついちまいのユキを抱き、ぬかるみを歩いた。仕事場へ放りだすと、追い縋ろうとするのを押しのけ、自分だけ外へ出て、ドアを閉め切り錠まで下ろす。ギロチンを思わせる重い金属音が響いた。アイ、アイアッ、アイー、内側から叩く音と絶叫が伝わった。

ドアに背を向け、荒い呼吸を整えた。影絵のように広がる森のほうを向いた。濡れた土のにおいと夜行性の生きものたちの蠢く気配が伝わり、あの子の好きな沢の水が縁から溢れそうに流れる音が聴こえる。

眼を瞑り、最低、百秒は閉じこめておくつもりでいた。十秒、二十秒、駈け寄ってドアをあけた。ひぃッ、うぅ、えぇ、ときに裏返り、頼りなくしゃくりあげる声が漏れる。灯油ストーブの消えたここは、外より寒かった。冷えきった絨毯の床に、あの子は、突っ伏して両手足を投げだし、お尻をひくつかせ泣いていた。

ふるえる腕で抱きあげると、嗚咽しながら身を委ねてくる。まだとてもちいさく、折れそうにほそい。傘は地面に落ち、揃《そろ》って雨に叩かれ家へ入った。幸い、どこにも痣《あざ》や擦り傷はなかった。リツは、どうしたの、と訊いて屋根裏から出てくる。リ、ツ。耳をぴくつかせ呟き、アイの腕から転げ落ちそうに身を乗りだし泣きつづけるユキを、意外にも平然としたようすで受け取り、あやしながらくるくると回った。薪ストーブのまえでステップを踏む。

ゆきやなぎの花びら、くるくる。

絵本の文句を復唱してやり、ユキは、は、な、びら、はなをすすり呟き泣きやんだ。

姉さん。あれ……、大丈夫、なんですか。

慣れるしかない、って思えてきたから。あんたは、いま、この子に何をしたの。言えなかった。先生は台所で洗いものをしている。まあ、おしおきでもされたのだろうね、だれのせいでもないけれど。リツはあの子の髪を撫でながら階段をのぼり、ほどなく、芝居がかった口ぶりで絵本を読む声が聞え始める。ようすを覗きに行った。あの子は、アイの姿を認めるなり不気味なものを見る眼に変わって、リツにしがみつき顔を隠す。添い寝も拒むため、位置を変え先生とリツのあいだに挟むしかなくなった。

それ以来、ユキのお風呂と下の世話は先生が引き受けるようになった。散歩、遊び、ごはんをあげるのはリツの役目だ。アイが、ユキ、ユキ、にこやかに呼びかけ近づこうとしたら、すばやく逃げる。いちどだけ、わたしは、もうあの子が憎たらしいから捨てにゆきたいです、と提案した。だれも乗ってこない。本心から言ったわけでもなく決行には至らなかった。

女たちだけだった頃に比べ、時の流れは倍速になり、夏が近づく。ユキと先生がさきに寝た夜、アイは、居間でリツと向いあい、畑で収穫した青梅をひとつずつ乾いた布巾で拭いていた。梅シロップにするためのものだ。雨の歌を特集するラジオを流し、同じ家にいるのに春から触れあえなくなったあの子の最近の成長ぶりについて聞いた。

今日は、庭へ出たら、でっかい白いかたつむりがいてね。塀を這いながら糞をするのに見入ってた。

ああ、それで、かたつむりさん、うんち、ぽん！って、家へ帰ってからも壁に向って連発していたんですね。うんちは、トイレに座って、とも呟いてましたね。

女の子も、子どもの頃は、昆虫が友だちよね。どうして、いつから、見向きもしなくなるんだろう。クラスで好きな男の子なんかの話をし始めて、好きな子の名前が出てこないと、遅れてる、って侮蔑する眼で見られる。なんで、わたしもあんな眼に遭わなきゃいけなかったんだろう。好きな男子なんていないし、人間よりダンゴムシが親友だったのに。

さすが、変わってますね、と吹きだしそうになり、怒らせたら厄介でこらえた。言われてみれば、アイも小学校の初めの頃までは、バッタやカマキリを捕まえて飼うことに喜びを見出していた。虫かごのなかでおこなわれる共喰いの現場にも惹きつけられたものだ。淫靡《いんび》さを感じていた。異性へ興味を持ち始めたのは、周りの子たちを真似たのではないか。仲間外れになりたくないあまりに流されていった気がもたげてきて、そんなわけはない、と打ち消した。

ユキの体を洗っていて、自分にはないものを眼にすると、いつも、一瞬、心臓が弾んだ。あたまにほっぺ、おてて、おなか、あんよ、などよりどうしてもいとおしさが昂ぶり見つめていたくなる時があるくらいで、自分は男が、好きなのだ。女の子なら、このように感じるわけはないだろう。

そろそろ、森に蛍が出ますね。いつも、見にゆくだけでしたけど。ことしは捕まえて、寝室でも、蚊帳を張って放ちましょうか。

あんたとは、まだ、いっしょに行きたがらないんじゃないの。わたしと先生で連れてゆくわ。麦藁で蛍かごを編んであげようかな。本で読んだけど、葱《ねぎ》の葉の青いところに蛍を閉じこめても、青白く透けて光って、ランプみたいなんだって。

じゃあ、よろしくお願いします、返そうとして言えなかった。だまってほほえみ、爪楊枝のさきに力をこめて最後のひと粒の梅のなりくちを取った。

ヒロ

十月が終りに近づくと、ヒロは再び、ピルを貰いに出かけた。帰りに、森のことり保育園のある原っぱに寄った。園のようすを観察した。おもちゃ屋で居合わせたあと、何日かしてあの子について調べてみると、名前を尋ねたら、ク、マ、と答えるようになった、との続報が追加されていた。そのため、クマオ、なる仮名で呼ばれ始めたという。
クマオは、今日は、紅葉《もみじ》の散る縁台の下にうずくまっていた。このあいだと同じく髪を結んでいるのと、背中にコンバースのロゴの入った青いトレーナーに包まれた背を向けているのでわかった。蟻の行列にでも見入っているのだろうか。周りの子から話しかけられても無視し、ぶつかられても平然としている。放っておいてもらえるよう願った。
親愛なる　クマオ　さまへ
先日、保育園宛に送った段ボール箱には、ショッピングモールであの子に似合いそうなものを選んだ何着かの服や、電池で走る赤い電車のおもちゃも入れた。翌週、画用紙に赤いクレヨンで長方形が描き殴られ、水色の四角い窓、黒い車輪が荒っぽく加えられた絵が一枚と、園長がワードで打ち出した礼状の入った封筒が届いた。

迷惑がられるのではないかと、送り返されるのを覚悟していた。礼状には、感謝が述べられていた。園の真ん前を通った。あの子は若い女の先生に呼ばれ、汚れたのだろう手をジーンズにこすりつけ室内へ消えた。門の左手には雑木林があり、鎌を振り下ろすような百舌《もず》の声が響いている。あいだの道から住宅街へぬけ、ぐるりと回り国道へ戻った。

自転車の速度をあげ、夕闇のなかで淡いピンクにライトアップしたモールのまえを走り去り、こんどは冬ものを選んであげようと決意した。これ以上、さびしさへ突き落とさないために買うのだ。

次の休日にヒロは子ども服売り場を歩き回り、背恰好に合いそうなセーターやウールのズボンを選んだ。合計一万円を超え、革が剝げてきた自分のブーツを新調するのはあきらめた。翌週、再び礼状と赤いハートマークの絵が届き、炬燵《こたつ》に入り見つめた。死んだようだった瞳に光が戻った笑顔を思い描こうとするが、上手くいかない。眼に入りそうだった前髪を、だれか、切ってくれる人はいるのだろうか。あんな贈りものでも喜んでくれていることを願った。

三回めのピルを貰いにゆき、また、寄った。園の外におり、小高い丘にひとり立っているのを見つけた。ひとめで、あげたものだとわかる冬ものを身に着けていて、靴だけがごみ同然に黒ずんでいるのが気になる。新しいのを与えたくなった。このさき、もっと寒くなり雪が積もるのを考えたら、内側にボアでもついたブーツが最適だ。

だれかが、ひこうきぐも、と叫び、周りで遊んでいた何人かの子どもたちがいっせいに丘へ駈けあがった。前髪を分けて額をむき出したクマオは、びくついたみたいでヒロのいる方角へ駈け降りた。眼は合うことなく園のほうへ走っていった。

ひこうきぐも、おうちに、かえるよ。

丘のうえではちみつ色に透きとおる空を指さしはしゃぐ子どもたちのひとりが叫ぶのが聞えた。おうちに、帰る。ヒロは、国道へ戻り自転車に跨《またが》ってから胸のうちで呟いた。マフラーに顎まで埋め漕ぎ始め、いまのフレーズは、あの子が耳にしなくてよかったと思った。

いちど、お会いしてみませんか。礼状に書かれた申し出に応じ、正月明けのある日、保育園へ向った。陽が落ちてから着くと、庭に作られた雪だるまやかまくらを、窓から洩れる山吹色の灯りが照らしていた。園長が出迎えてくれる。おもちゃ屋で遭遇したことは憶えていないようだ。互いに、初めまして、と挨拶した。

促されるまま、コートの裾にまぶされた粉雪を払い、長靴をぬぎ、玄関へあがった。若い先生に背を押され、クマオはヒロのまえに姿を現した。こんにちは、ううん、こんばんは、かな。アイドルにでも会った気分になりかけるのを引き締め挨拶し、サキを彷彿させる点を探そうと眼鼻立ちに吸い寄せられた。走馬燈の如くよみがえるのは、服装に合わせチークや口紅の色あいを細かく変えていた、サキの何パターンかの顔だ。化粧を落としたのは、いっぺん見たきりで瞳の小ささにおどろいたくらいで、印象がぐらついている。

白いタートルネックのうえからクリスマスに贈ったトナカイ柄のベストを合わせたクマオは、先生に耳打ちされ口を動かし、ぎごちなくお辞儀をしてみせる。

ありがと、ござー、ま、す。

舌足らずの声を聞き取り、頭の天辺に、十円玉大の禿《はげ》ができているのが眼に留まった。迎えが来るとのことで、スキー風ジャケットを着せられ、ブーツを自分で履く。また、会いましょうね。手をふると、ちらりと見ていちおう頷き返した。表情は読めないままだった。ヒロは園長室へ通され、あの子の乗りこんだ車の走り出す音を聞き、運ばれてきたほうじ茶を啜った。里親を探している、とでも切り出されるのだろうかと夢想した。養える余裕などあるわけがなかった。

向いあって座った園長からは、あの子について、身元をたしかめるための質問には相変わらずだまりこむものの、いまでは、ク、マ、以外の言葉も発するようになった、初対面の人に口をひらくところを見るのは初めてで、ヒロには警戒心を解いている印象を受けた、などと聞いた。年齢や、いま就いている仕事について尋ねられたあと、これまでに送った手紙の筆跡を褒められた。右あがりの癖字なのに恐縮した。美大を辞めたあと、保育士をしていたのを知ると、ここへ来ないか、申し出られた。人手不足で困っている。来週まで考え連絡する、と答えた。

フロアは電気が消え、園内はしずまり返っていて、他のスタッフはみんな退出したのがわかる。雪野原のまだ靴痕のないところを踏みにじり、ふり返っては、蒼く浮ぶ窪みをたしかめ、車のライトの流れ去る国道を目指した。

首都にいた頃、保育園で働いていた時は、ひとりで担当する子どもの数が限度を超えていた。動きが鈍重だったり、飲みこみの遅かったりする子にはきつく当たり、おむつが汚れたまま放置することが増えた。保護者からの非難が集中し、一年保たないで辞めた。バスに揺られ、また雪道を歩き、暗く冷えきった部屋へ着いた。

ヒロが、初めてクマオと対面した日、サキは、勤めて三年めの美容室が店長の病気のため閉まることになったと伝えられた。見習いとして入りシャンプー係から始めて、肌荒れが再発することもなく、カットも任されるようになり常連客もついていた。

腫瘍は悪性で長い療養に入る、という事情を聞いた。再就職さきを世話するのはむずかしい、と告げられ、受け入れるしかなかった。店のある通りには、他に同じくらいの料金の美容室が二軒あり、年末に潰れた本屋のあとに新しく入るのも美容室だと聞いている。そちらは、ずっと格安ですむらしい。自分のお客さんたちは、それぞれ合いそうなほうへ移るだろう。

自転車に跨り川沿いを走った。頬を斬る風に身を竦め、磯に似た生臭いにおいを嗅ぎ取った。マッチングアプリを介して会った男には、いままで、ぴんとくるのがいなかった。向うにとっても、自分は外れだったように思える。ただひとり、ましそうに感じたヘビースモーカーの営業マンも、泊まらせてもらったあとメッセージは途絶え、こちらから連絡してみる気力もない。そのうえ、ルームシェアも懲り懲りなら、いったん、実家へ戻るしかない気がしてきた。

鼻の奥まで死臭が刺さるようで呼吸を止め、ブレーキをかけた。川面に滲むオレンジや赤や銀の灯りの影を眺めた。首都へ出てきてからも、お盆にだけは帰っていた。離れは、いまは、県北に嫁いでいた姉が出戻ってきて住み、子どもたちを育てている。小学生の兄妹だ。もちろん、向うはあそこでなにが起きたか知らない。自分にとっては、足を踏み入れるたび、壁にも床にも沁みこんでいる気がして正気でいられない。他にはヒロだけが、あのにおいを嗅いだうえで自分の連絡さきを削除しないでいる。それは、許している、ということなのだろうか。

アパートに着くと、ポストに入ったチラシ類を共用のごみ箱に叩きこみ階段をのぼった。同居人は、昨年から専門学校の元同級生とつきあい始めた。三月になったら、ふたりで新しい部屋を借りて住み始める。今夜は、もっと都心に近い彼氏のアパートに泊りだ。

レトルトのチキンカレーを温めてごはんにかけて平らげ、寝そべって携帯を操作し、助けてくれそうな人を探した。ヒロは、首都の出身だと聞いた。実家はどこ駅だったか、教わった気がするけれど思い出せない。もしかすると互いに知らずに近くにいるのかもしれない。

いま、どちらにいらっしゃいますか
きっと無視される。期待せず問いかけを打っては直し、眠くなって送信する。

いま、どこにいますか　会えたら、会いたいです
エラーにはならないから番号は生きているのがわかった。

アイ

七月に入った梅雨の晴れまのある午後、仕事でひとり車を運転し山ひとつさきの町へ行き、帰りにリサイクルショップで赤い電車の走るプラレール一式を買った。線路のパーツをつなげてゆくと直径一メートルほどになり、駅舎に踏切、ポプラの街路樹、チューリップの花壇のミニチュアが付属品でついているものだ。

丘の家に着くと、早速、居間のテーブルで組み立て始めた。畑へブルーベリーを摘みに出かけていた三人が戻ってきた。春さきのおしおき以来、アイから視線を逸らしつづけていたユキが、玄関で靴をぬがせてもらうなり歩み寄ってきた。推定二歳半をすぎたこの夏も、リツは、涼しいからね、と言ってワンピースを着せていて、その日は、栗茶のノースリーブのひらひらを着ていた。

日に日に眉毛も骨格もしっかりとしてきて、どう見ても男の子であるとしか受け取れなくなっており、姉貴分の趣味のためだけに女装させているような不似合いさに、アイは苛立つ。おかっぱにしてある髪も、短く切りたい衝動に駆られる。

へぇ、もので釣るつもり？　うちは、不燃ごみになるものはなるべく買わない主義なのに。先生は、どう思いますか。

リツが問うと、先生は蒸し暑さに参ったらしくミント水を一杯飲んでソファに座った。まあ、こういうおもちゃのコマーシャルを見るの、好きだものね。受け入れるしかないわね、と肯定してくれる。動画をくり返し見た影響か、ユキは、アイが説明書を片手に遊びかたを教えてやろうとするのをはねのけ、すでに慣れたふうの仕草で電車を線路にセットしスイッチを入れる。軽快な軋みを響かせ走りだすのを一心に見つめ、横からリツが水筒のよもぎ茶を啜らせた。相変わらずアイのほうは見ない。

なにか不具合が起きたのか電車が止まり、リツか先生を呼びに走る。アイが手を貸そうとするたび、ぱっと顔を背けて逃げて他のふたりのどちらかの背後に隠れ、失望するのをせせら笑っているようでもある。

ユキ、アイに、ありがとう、って言いなさい。

先生に促され、ようやく、あり、が、眼は合わず、呟くのを聞き取った。

この夏は、トイレができるように躾ける、次に引き取って育ててくださる方のために、せめて、そこまでしなければ手放せない、と先生は言い出し、訓練が始まっていた。アイは、かかわらない。リツも付き添えず、担当は先生だ。息子の時よりずっと手がかかる、とぼやきながらも、丘のうえの唯一の子育て経験者としてやり甲斐を感じているらしく、顔つきはいままでになく溌剌《はつらつ》としていった。

おまるは使わない。うんちをしたくなったら、ちー、と伝えに来るように教える。トイレへ連れてゆき幼児用に作った木製の便座に座らせ、力むよう励ます。ちー、とはどうしても発さないうえ、便秘がちになってきて、週にいちどしか出ない。腸が張るせいで、ついに押し出される三日ほどまえから気分が乱れることがある。そのような場合は、アイが視界に入るなり手近にあるおもちゃを投げつけてきた。

おしっこは、しーしー、だ。こちらは、初めから便座でやらせるのはむずかしく浴室で出させる。上手くゆくときは、先生の手を引き走っていって、みずからパンツをぬぎ、排水口へ向って見事な放物線を描く。長時間我慢したすえ盛大に漏らし号泣することもある。そんな日々の報告を、アイは、ユキが毎晩寝しずまったあとに先生から詳細に聞いた。じかに成長を見守らせてもらえないのが悔しくて、眠れなくなる夜もあった。

パンツだけでなくそれ以外の下着も服もぬいでから用を足すのもしょっちゅうで、先生の手をすりぬけ脱走し玄関のドアまであけ、素裸で外へ出た日があった。

リツー、リツッ、リッツー。

声を聞きふり返ったら、あの子は畑を囲む鹿よけの柵の向うにいて、陽ざしを浴びた淡い黄土色の肌は光り輝いてみえた。電気の流れる柵に触れそうになり、駄目駄目、駄目ッ、叫んで畑から出て、あの子を捕まえる。トマトをもいでいたリツは、かごを地面に置いて南瓜や胡瓜のにぎやかに実った畑をよぎり、反対側のすきまから逃げるように出て行った。

アイは、ひさしぶりにユキの柔らかな腰を抱き、土のついた踵で膝を思いきり蹴られながら、髪の匂いを嗅ぎ恍惚としかけた。リツー、ユキは空に向って泣き叫び、もっと両手足をばたつかせた。おうちに帰るよ。アイは頭越しに言い聞かせ、脚のあいだで揺れるベビーソーセージ状のものを見おろした。つついてみたくなるほどに、愛らしい。

だ、か、ら、パンツ、ぬいでるときはリツのまえには出ちゃ駄目ッ。

冬の頃に教えていたことをくり返し唱え、家へ向って走った。体重が増していて腕が疲れる。駄目、と発する時は、どうしても険しい口ぶりになる。さらに暴れ金切り声をあげた。


汗だくになって玄関へ下ろすと弾かれたように、居間のソファに座った先生のもとへ駈け寄って抱きつき、おなかに顔を埋める。今日は、特別に腕白で、困ったものね。髪を撫でながら、梅シロップを、自分は炭酸、ユキのは水で割るよう頼まれた。

もうすぐ、お昼でしょう。でも、夕べ寝るまえにやってから、しーしー、していないの心配で。膀胱炎になってしまう……、出させようとしたら、全力で嫌がってね。攻防の果てに、廊下で一気に出た。あとで拭いて頂戴。

先生に着替えさせてもらったあと、膝に座りジュースをストローで啜るうち、ユキは最上級の笑みを取り戻していった。しぇんしぇ、しん、かん、せーん。甘えてテレビを点けさせるのに成功した。アイは、水たまりになったおしっこを始末すると、びびびびッ、びゅーん、新幹線の走り抜ける音を真似るユキの声を背に畑へ戻った。リツは、くちびるを噤《つぐ》みトマトの収穫を再開しており、アイもピーマンをもぎ始めた。

正午近く、作業を切りあげた。リツが家へ踏みこむなり、ユキは、先生から降りて飛びついた。リツも、仏頂面ながら満更でもなさそうに、若草色のワンピース姿のユキを抱きあげる。見つめあうようすから、あの子は、さっき、避けられたのはちっとも堪《こた》えていないのがわかった。

アイは、昼ごはん係を進んで引き受けながら、リツにたいし頭がまっ白くなるほどの嫉妬が噴きあがっていた。パスタを茹でるための湯を沸かし、熟れたトマトを刻む。まな板に流れたうす赤い汁が床まで滴った。

悔しさと羨ましさが燃えあがるのは、やはり、あの子が男だからなのだろうか、と考えた。女の子であれば、きっと、ここまでの執着心を湧かせることはない。雪の夜、トイレへ置いたまま車へ戻り匿名で警察へ通報したかもしれない。涙が滲みそうに腹を立て、ユキ、ユキ、ユキ、脳内で名を呼びバジルをちぎりつづけた。

八月になり、みんながすでに寝入った夜更け、台所に立ち寸胴鍋《ずんどうなべ》でトマトソースを煮込んでいた。木べらで混ぜながら、丘の下から足音が近づくのに気づき、ドアをノックする音を聞き取った。

おそくにすみません、どなたか、いらっしゃいませんか。

丁寧な話しかたの男の声がした。咳がまじり、弱っていそうに装いながら、傍らに仲間がいるのかもしれないし、ここに金目の品は何もないとはいえ強盗、強姦もありうる。どうかしたの。眼ざめたリツが階段のうえから話しかけてきた。外に、男がいます。アイは、ふり返って身を乗り出し囁いた。リツは、瞬時に覚醒し着替えると、屋根裏からライフルのモデルガンを抱えてきた。

本物に見えるでしょう。なにかあったら、これで脅す。

わるさをするとは限りませんよ。そう言いかけたが、アイは、いきり立つリツをなだめようとして癪《しゃく》に障られるのも面倒で、止めた。いままでのつきあいから、リツにとって、男は男であるというだけで、全員が敵であるのかもしれないという気がしていた。チェーンを掛けたままドアをあけた。

いつのまにか降り出した雨のなか、長い髪を頭上で団子に結び、カーキ色の上下を着てバックパックを背負った青年が濡れねずみと化し立っていた。ひげの剃られた小麦色の肌はきめ細かく二十代の半ばにみえた。

夜分に、す、すみません。うしろに控えたリツは、モデルガンを構えでもしているのだろうか。青年は泣き崩れそうに怯えて挨拶する。しょぼつく瞳に自分のシルエットが映っているのを認めるなり、アイは、少女の頃、近所の可愛がってくれたおじいさんが飼っていて、主が脳出血で亡くなったあと、保健所へ連れられていった老犬の、みずからの運命を悟りながらどうしようもできない諦念を潜めた瞳を思い出した。ふり返り、脅すのはこれくらいにしてほしいと頼む気持でリツに目配せした。銃口を下げ青年を睨みつけていた。

自転車で、この地方を回る旅をしています。峠を、もうひとつ越えて、今夜は無人駅を寝床にする予定でしたが、雨がひどくなって。参って。……どうか、ひと晩、お世話になるわけにはいきませんか。テントは持ってないんです。

いったんドアを閉め、対処を相談した。放っておいて野垂れ死にでかまわないんじゃないの、とリツがにべもなく言うのを聞きながら、アイは助けたかった。

こちらに危害を及ぼすようなものはないか、荷物は点検させてもらう。携帯は取りあげたうえで、裏の仕事場にならば、明け方まで休ませてもよいのではないか。そのうえで、なにかまずいことが起きたときの責任は、すべて、アイが負う、と決まった頃にはすでに三十分経っており、そのあいだ青年は気配を消し風雨に晒されていた。

この家は、基本、わたしたちの作る製品を最低ひとつ、愛好していて、虐げられた境遇の、女、しか立ち入れさせません。今後、あなたが情報を流し、決まりを知らない人などに興味本位で覗きに来られなどしたら、暮しが台無しになります。いっさい、流さないと約束してください。

アイが傘に入れてやり、古めかしい足踏みミシンや編み機のならぶ仕事場へ通された青年は、神妙にまばたきし説明を聞いていた。壁沿いにならんだ木製の棚に、色ごとに分けて整理された、沢山の端切れやほどき途中の古着、作りかけやすでに完成し発送を待つぬいぐるみを見渡す。どれも、架空の惑星に生息していそうなやつらですね、と呟いた。子どもの頃に好きだった、バーバパパがバーバママを探して宇宙まで旅する絵本を思い出します。

アイは、自分も同じ絵本を好きなことは伏せた。ユキにも、パパとママのちがいに触れながらよく読んであげていた。赤ちゃんから大人まで、わかる人にはわかる魅力がありまして、けっして肌身はなさず、会社へ通勤するときのバッグにも入れてゆく、という方もいらっしゃいます、と答えた。お守りになるんですかねえ。青年は、青や緑やピンク、紫、白黒、チェックや水玉模様に彩られた一体ずつに見入りながら頷いた。

衣類は洗って乾燥機にかけておく、と伝えて、まっ暗い外へ出た。ひとり傘を握り、揺らして水滴を落としながら、男が仕事場でいま着ているものをぬぐのを待つ。闇に溶けた森の向うから沢の水音がうねって伝わり、ユキをここへ閉じこめた時とはまるで異なる満ち足りた心境で耳を澄ませた。やがて、内側からつつましやかなノックが聞えた。

自分、いま、裸なんで。申し訳ない……、よろしくお願いします。

ドアのすきまから伸びた痩せた腕が、かごのなかで几帳面に畳まれた衣類を手渡してくる。水分を吸っていて重い。アイは、敏感に嗅ぎ取った体のにおいを芳《かぐわ》しく感じた。汗っぽくなく、よもぎの若葉と似て仄甘く爽やかな気がして、お金のなさそうな見た目とは裏腹にコロンでもつけているのかもしれない。おなかはすいてますか。再び閉まったドア越しに尋ねると、何秒か置いて、はい、と返ってくる。でも、おかまいなく。急いで家に走った。

おにぎり、いかがですか。

ノックすると、寝袋に入ってます、と間髪を容れず答える。拒まれないのに安堵した。

失礼します。

ドアは鍵が掛かっておらず、あけると暗い。アイは閉じた傘を立てかけると右手で盆を持ち、左手で壁のスイッチを入れ電灯を点けた。隅のほうに転がった、黒い寝袋から顔を覗かせ、眩しげにほそめた眼でこちらを見つめている。サンダルをぬぎ、ペルシャ絵巻風の模様が浮びあがる色褪せた絨毯へ裸足であがった。爪になにも塗っていないのが気になりつつ、音を立てず歩み寄って側に盆を置いた。

山椒味噌と梅干入りで、水筒は、桑の葉茶です。おしぼりもどうぞ。

じつは、昼からなにも食べてませんでした、ありがとうございます。横たわったまま、頷きかけられた。眼に涙の膜が張られていることに取り乱し、どういたしまして、口ごもって呟き立ちあがった。

ドアのほうへ向きなおる。背中越しに息遣いを感じ、いま、若い裸体を寝袋に窮屈そうに押しこめている青年が、突然、ぬけ出てきて、こちらへ腕を絡ませのしかかってきたら、自分は、なんの抵抗もなく胸に触れられ、服もみずからぬいで抱きあうかもしれないと妄想した。サンダルに足を押し入れ、ふり返った。下は寝袋へ潜らせたまま、上半身を起こしたところだ。くすんだオレンジの光を浴び、薄赤い乳首と、生えていそうに思わなかった胸毛をあらわにしていた。両手を合わせ頭を下げてくる。じゃあ、朝になったらまた起こしに来ます、会釈し外へ出た。頰が火照っていた。

再び台所へ戻り、トマトソースをもう少し煮た。シャワーを浴びた。洗面所の自分の抽斗から、三日月、と名づけているものを取り出した。丘のうえへ来る時、捨てられなくて持って来たものだ。スイッチを入れるとふるえだし、強弱を調節できる。浴室の床に立膝をつき、膝をひらいて指さきで陰毛をかきわけた。湿りだすのを待って下からあてがった。

人肌に近いなめらかな感触の先端で撫で回しているうちに波が広がり、足のつまさきから髪の毛までふるえが走った。眼を瞑り、もっと膝をひらき、濡れてくる奥のほうへ差しこんでいった。息をのみ、背をそらし、ときにかき回すように出し入れをくり返した。あの旅人の、ユキとはちがう、剛《こわ》い毛に包まれているはずの性器はどのような形状をしているのか、思い描こうとして漏れる声は、幸い、扉の向うで回る洗濯機のノイズにかき消された。

頭のなかに霧が立ちこめ、ぼんやりとしていた。三日月に触れられている箇所だけが鋭敏さを増していって、座りこんで脚をひらき、中心の穴が熱を持ち広がってゆくのを感じ辺りを見回した。湯船の縁に、先生が水に浮く木を選んで彫った、あひるのおもちゃがある。ユキのためのものだ、と意識した途端、完全に我を忘れるまで行為をつづける気力が失せ、スイッチを止めた。起きあがって肩で息をした。

もういちど全身を洗い、洗濯の終ったものを乾燥機へ入れ、パジャマを着て台所へ戻った。小壜にトマトソースを分けて詰め、鍋を洗って片づけた。時刻は二時になるまえで、ひょっとすると、青年は自分にたいし同じようなことをする場面を考えていないとは限らないと閃く。服に着替え外へ出た。雨は小降りに変わっていた。

ドアには鍵が掛かっていた。引き返して居間のソファでタオルケットにくるまった。

うつらうつら、自分が青年と体を合わせているシルエットをまなうらに描く。向うにとっては自分は、親切な中年女としか映らなかったかもしれない。雨垂れの向うで、小刻みに鐘を叩くのに似た鳥の声が聴こえだした。寝返りを打ち、アイは、自分の体に炎のようなものが点る種がまだ埋もれているとわかっただけで、青年がここへ辿りついてくれてよかった気がした。

夜が明け、顔を洗い髪を梳き、すっかり乾いた衣類を抱え外へ出た。辺り一帯に垂れこめていた雲はちぎれ、磨かれた薄水色の空が広がりだしている。

おはようございます。ノックすると青年はすでに起きており鍵があいた。伸びてきた手にかごを渡した。ドア越しに話しかけてくる。

きのう、あれ食ったあと、足音っぽいのが聞えたんです。もしや、熊かな、って。そっちは、害とかなかったですか。

熊はこの夏は、町のほうまで餌を探しに降りて行ってるんです。たぶん、鹿かな。羚羊かも。

昨夜と同じ服を着て、髪をうしろでひとつに束ねた青年に、携帯を返した。空になった水筒には新しいお茶を注ぎ、そのままあげることにして、ブルーベリーマフィンと地図も与えた。

ひと晩、泊めて頂いたご恩は、一生忘れません。

おおげさな物言いに口もとを押さえた。笑うのも、ユキに離れられて以来のことだ。メールアドレスを訊かれた。携帯もパソコンも三人でひとつを共有している。差出人を女の名に変えたアイ宛の手紙なら届く、と伝え、手帳に住所を記した。

じゃあ、また来てください。はい、絶対に。頭を下げ、手をふりあい、青年は自転車に跨り畑の脇の一本道を走りだした。ちいさくなってゆく姿を、点と化し摑めなくなるまで見送った。絶対、なんて信じられるわけがない。住所を訊かれたのも含め、その場限りの言いかたにすぎないのはわかっている。それでも年内くらいは、砂粒ほどかもしれない再会の可能性を支えに暮してゆけるだろう。

先生たちが起きだすまえに、アイは仕事場を消毒し隅々まで掃除した。体毛の一本すら落ちていなかった。家に戻ると、リツに、洗濯機と乾燥機の音のせいで眠れなかった、となじられた。先生は、濡れた服のまま寝ていたら肺炎を引き起こすのかもしれないのだから仕方がない、と言ってなだめ、リツは自慢のマフィンがふたつもなくなっているのに気づくと憤怒が炸裂した。

あんたは、パンもお菓子も作るの下手なくせに、自分が作ったような顔をしてあげたね。媚びて。

当たっていた。もうここを出ます、と言い返そうとして身を竦め耐える。リツも欲求不満が溜まっており、自分に当たり散らすことで解消している、あるいは、来週辺り、銃の定期検査のために警察へ出向かなくてはいけなくて滅入っているのだ、と言い聞かせる。ごめんなさい。うなだれ、足もとに蔓延ったスベリヒユを見おろした。陽ざしを照り返す緑は霞んでゆき、次は、どこか暗い部屋で青年と会う場面を思い描いた。抱きあって舌を絡ませ、向うのくちびるは胸から腰へさがってゆく。

わたしも、姉さんのように名人になりたいのにセンスがなくて。

なにごとにおいても根が怠け者で、手をぬこうとするから失敗するんだよね。

容赦なく罵《のの》られ、頭の隅では姿勢を変え、青年の茂みに顔を近づける。充血し大きくなってきたものを、そっと、口に含むところを想像する。吸いあげたら、いったい、どんな声を漏らすのだろう。うつむき、どんな小言にも頷きながら、密やかにこのような妄想に耽る愉しみさえ、眼のまえの姉貴分はいままでおそらく味わったことがないのではないかと考えつくと、もっと、あわれみたくなった。

お、あ、おー。

声がして見あげると、白いワンピース風のパジャマを着たユキが、階段の真上からこちらを見おろしている。あら、けさは早いのね。リツは目尻を下げ駈けのぼり、手を引いて一段ずつ降りてきた。アイは朝ごはんの支度をしに台所へ入った。ユキは、ソファにいる先生にも、お、あお、挨拶し抱きついている。つづいて、ア、イ、くぐもった声で呼ばれた。ふり返ったら、台所の入口に立って両手をうしろへ回し、身を引いては顔をあげ見つめてくる。

アイ。お、あ、おー。

恥ずかしげに頬を薄桃に染め笑ってから、走ってリツのもとへ戻った。

リツ

推定三歳の誕生日をすぎ、節分の頃、リツは、初めてユキとお風呂に入ることにした。もう、捨てるのを考えるのは止める。このさき、逞しく自立するまで、この子は丘で育てようとみんなで相談を重ね決めたすえ、克服が必要だと感じた。

携帯で動画を見せながらみちびくとすんなりついてくるとアイに聞き、新幹線で操ってる洗面所へ連れだした。うさこちゃんを編みこんだ赤いニットワンピースをぬがせ、ふるえる手で、手で、ピンクのリボンつきのかぼちゃパンツを下ろす。ぷるん、とあそこが飛びだす。ふるえる手で、悪寒をこらえ直視し、けっして、この器官がだれかを傷つける道具とはならぬよう教えこまないといけない、と自分に言い聞かせた。

ユキがこのさき、性別はどうあれどのような人間になってゆくのかは、ここの女たちの手に委ねられている。アイは言った。

いずれは、わたしたちみんな、早く死にます。そのあと、ひとりで生きてゆけるようにするには、どうすればいいでしょうね。

春になったら、食べられる野草を教えましょう。畑の野菜が育たなかったとき、役立つし、もしも、下界が緊急事態になったら、ここまで避難してくる女たちがいるから。狩りも釣りも、わたしが早いうちから仕込むことにする。人形扱いはおしまい。

過度に可愛らしいデザインのスカートやワンピースを着せるのも、止《よ》そう、と決めた。実際、拾われてきた初めの頃によく縫ってあげた、シックな色あいで飾りけのない服のほうが似合うのはわかっていた。再び、黒や白、青や茶系の無地の布を使ってシャツやズボン、ギリシャ神話の挿絵に描かれていそうな貫頭衣《かんとうい》っぽいワンピースなどをサイズに合わせ仕立てた。自分でもそちらのほうが落ち着くと感じたのか、日に日に、赤やピンクや花柄のものは、みずからはねのけるようになっていった。

リツも、はだかんぼうだねえ。

服をぬぎ始めると、愉快そうに声をあげられた。

そうよ、おなかのここは、手術の痕。

四十六の頃、筋腫が原因で子宮を除去したときの下腹を走る一本線をなぞってみせたら、し、じゅ、正確に発音できているのか自信がなさそうに呟いて近寄る。触れようとして、電流につらぬかれたみたいに指を引っこめ後じさった。リツは、バスマットに置いていたさわがしい携帯を脱衣かごにしまうと、浴室へ合流し、ユキの頭から温かいシャワーをかけた。丸椅子に座らせ髪を洗い、絹のタオルにローズマリー石鹼をつけ首もとから泡立てる。

うしろから手を回し、あそこを包むとき、ひゃひゃッ、くすぐったがって身をよじられた。ふり返って立ちあがり、眼のまえに晒された。リツも負けじと立ってシャワーヘッドを掴み、水流を強めにして頭から浴びせる。皮膚は雫を弾き、きゃあ、きゃあ、逃げるのを追い回した。共に湯船へ入った。

しがみつき、乳首を見つめてきた。軽くつついてへこませほほえみかけてくる。瞬間、もっと触られてもよいように望んで体の奥のほうが熱くなっている気がして、駄目、とも言えず壁のほうを向かせ膝に座らせた。距離の取りかたに戸惑う。いまの心の動きは消したい。

頭を冷やそうと、ユキの生みの親について考えた。捨てたあとも何ヶ月かは分泌されるお乳で痛いほどここが張っていたはずで、自力で搾り取っていたのではないか。ぽた、ぽた、流しに向って白いものが滴り、排水口へ吸いこまれる。痛くてつらくて、泣いた夜はあったろうか。捨てたことを、毎日毎秒、悔やみつづけてはいないだろうか。

ユ、キ。おまえは、ここへ来て心底、幸せだね。リツなんて、おまえと同じ頃、家族のだれにもこんなふうに抱っこされた憶えがない。

なあ?

眼が醒めたら、とっぷり暗くて、周りにだれもいなくてわんわん泣いたって、だれも来ない。ひとりで泣き疲れて寝る。それを、くり返すだけ。

叔父は、最初、抱っこから始めた。自分は、そのぬくもりを恋しく感じていた時期がたしかにあったように思う。なついたのは自分からだ。ユキは、ばら色にてかった顔で口を三角にあけてほほえみ、見あげてくる。おなかに腕を回すと、お湯を吸った背中をくっつかせてきて、互いに服を着ているときより溶けあってゆきそうで息が詰まる。

あの、いやだったら、いや、って言って。

意志を窺ってみても、はい、とも、いえ、ともまだ答えるわけがない。姿勢を変えると、またしがみついてきた。こんどは抱いてやることができなくて両腕を脇に下ろしていると、気まぐれっぽく離れ、湯船の縁に片手で摑まりながら浮いた。リツに向って、桃のかたちのお尻を突きだしてみせたかと思うと、もういちど飛びこんでくる。抱き寄せようとするが上手くゆかない。

湯冷めしますよ。アイが呼びかけてきて、声は笑っていたものの、なにかよからぬことをしているのでは、という心配をかけたかもしれないと背すじがこわばった。時間の感覚を失っていた。ユキだけさきにあがらせ着替えを頼む。ひとり手足を伸ばし、深呼吸した。ぬるい雫が額に滴り落ち、あの子の感触の残った胸もとを見おろした。

郵便局で受け取ったアイ宛の手紙のなかに不審物を見つけたのは、ひな人形を片づけたあとだ。封筒の裏にボールペンの角張った字で、顧客としては馴染みのない女の名が記され、住所はない。鼻さきへ運んだ。クミンに似ているような、雄を思わせるにおいを嗅ぎ取った気がした。車へ戻り、糊代を剝がした。破ったノート用紙に包まれた白黒写真がいちまい出てきた。メモも添えられている。

先月に撮ったなかから、いちばん気に入ったものをお送りします。現像が遅れてごめんなさい。ジョンより

黒いマント風のコートを着て浜辺にしゃがみ、うみねことわかる白い鳥を見つめているアイの姿が、横から捉えられていた。一重瞼の眼もとはアイラインで縁取られ、見たことのない濃い口紅を塗ったくちびるは、物憂げにひらいている。普段より若く感じ、化粧の映える眼鼻立ちであるのが、あらためてわかった。

ひとりで車を運転し沿岸へ行き、牡蠣や鱈、どんこを仕入れてきた時があった。その日に会ったのだと気づいた。渋滞していたとかで帰りが予定より遅れた。家を出る際は化粧などしていなかった。途中のどこかで入念に施し、会ったあとは洗い落としたのかと思うとざわつくものがあり、手紙は、翌朝まで隠しておきストーブに火を熾すときにくべた。出てったらいいのに。

みんながまだ寝入っている二階を見あげ、呟いた。口のなかに酸っぱくて苦い味が広がる。馬の合わなさを乗り越え、先生の亡くなったあとのことも考慮し、ふたりでユキをどんなふうにすこやかに育ててゆこうかと真摯に探り始めたばかりなのに、裏切られたみたいだ。

しゃがんで、炎のなかで黒く捩《よじ》れ焦げてゆく手紙を見つめた。炭と化し崩れるうち、きのうの自分は、汚らわしい生きものに惹かれるアイに嫉妬していたように感じられ羞恥におそわれた。放っておこう。どんな行為も、自分からは見えないところで楽しんでいたらいい。

ホテルを辞め、森のことり保育園で働き始めてひと月経った頃、仕事のあとに園長によばれた。試しにいちど、クマオをひと晩預かってもらえないかと打診された。施設へ帰ると、ヒロ先生に会いたい、とぐずり出し、未明までさめざめ泣くことがあるのだという。

手を焼くようなら、連絡をくれれば迎えに行きます。交流が深まったら、身元につながる情報を、あなたなら聞き出せるかもしれない、とも思いますし。どうでしょう。

ことわる理由はなく、三月初めの金曜日、ヒロは仕事が終ると、クマオと園長の車に乗った。我儘《わがまま》を聞き入れられ共にすごせるというのに、はしゃぐようすはない。チャイルドシートにすっぽりと収まって座り、ずっと、窓の外を見ていた。顎の尖った横顔が、所在なさそうにレモネードのストローを回すサキと重なる。眼は、クマオのほうが大きくて濡れたようで、外国の血が混ざっているのかもしれない。あくびをしほそめたら、似ている。

ダンプ、カー。ショベル、カー。コンクリート、ミキサー。あの子は車の種類を呟き、震動音やサイレンを忠実に真似る。ショッピングモールをすぎて山道へ入り平地へぬけ、食堂の看板が現れた。あそこの二階、アパートになってて借りてるんです。園長に告げて停めてもらった。今夜はここで夕飯もすませるつもりでいた。

舗道に降りると、あの子は、ばいばい、と投げやりに呟いて手をふる。おかっぱに切られた前髪が、眉のうえで揃えられている。施設の職員に切られるのは、ずっと、繁殖期の雉《きじ》っぽい叫び声をあげ逃げていたそうなのに、戦後に美容師になったという、園長の九十近い母親には抵抗なく切られた、と聞いた。好みの長さはみずから指定した。

ラーメン、わかる？　好き？

ふたりになってあの子に訊くと、鹿を思わせる黒眼に、一瞬、星が生まれたように光が弾け、力強く頷いた。肩に触れ、暖簾《のれん》をくぐって座敷席の奥へ案内された。何組か、ビールやサワーを呑みながら、キムチ味の出汁のなかで山盛り煮えるモツとキャベツ、豆腐のあふれそうな鍋を囲んでいた。クマオは、ヒロとならんで座るなり眼を瞑り鼻をおおった。まえにいたおうちでは、外、へごはんを食べにゆくことはなかったの？　ラーメン以外にも、ハンバーガーとかファミレスとか。

ヒロは、水を運んできたおかみさんには、親戚の子が泊りに来たのだと話した。クマオはうつむき、まばたきする。鼻はおおったまま、店の中央にあるテレビを見あげ、画面に電車が映ると精気を取り戻し身を乗り出した。来週、沿岸部をおそった大津波から八年経つとのことで、ニュースでは、あのとき線路が破壊され不通になったローカル線の特集をしていた。駅員たちの奮闘により再び走りだしたものの、いままた経営難に陥り赤字の連続が問題となっている。

ああ、電車、好きだものね。電車の絵本も好きだし。海のそばを走ってゆくねえ。あれ、乗ったことは、ある？

ない、と呟く。電車そのものにいままで乗ったことがないのかもしれない。別のニュースが始まるなり、またちぢこまって内にこもる。辺りの音も遮りたいのか、鼻にやってい た手で耳を塞ぎ鼻へ戻すのをくり返した。

出前を頼むことにした。外へ出ると、店のうえへつづく錆びた鉄骨の階段を物珍しげに見あげ、手すりに触れ、手のひらに赤茶っぽいかけらがついたのを見て、憎たらしげにズボンでこすり落とす。清潔好きなのだ。ほら、のぼって。ヒロは、そっと背を押した。骨の感触にセキセイインコの翼を思い返した。二〇一は素通りし、二〇二のプレートを貼った合板のドアのまえに着いた。常夜灯は壊れていて暗く、下から伝わる光を照り返すノブの穴に鍵を差しこみ、回すようすにもぎらつく視線を向ける。かちゃ。音が響くと眼を瞠った。鍵をかける習慣のない田舎で育ったのかもしれなかった。それだけではなんの手がかりにもならない。

ろくに家具のない六畳間へあがらせた。テレビもゲームもなく、本は、読みたいものがあれば図書館で借りるから本棚もない。あの子は、お邪魔します、などと言うこともなく冷蔵庫のドアへ歩み寄った。ごみ出しカレンダーを貼っている、ふわりと広がる金髪をして白衣をまとった天使のマグネットに触った。趣味でもないのに、どこで買ったのか、だれかに貰ったのか、憶えていないものだ。柚子茶を淹れようと薬缶を火にかけた。こんどは青いガス火を見つめだした。階段をのぼってくる軋みがすると、びくつきドアをふり返る。おかみさんがラーメンと卵炒飯、野菜炒めを届けてくれた。

クマオ、くんは、お肉、きらいだよね。ベジタリアンのおうちで育ったのかな？

向いあって炬燵に入り訊くと、べ、ジ、呟いて首を傾げる。

お肉を食べるのは、生き物を殺すことだから、それをしたくなくて、おもに、野菜やお豆を食べて暮している人たちのこと。

　説明しながら、施設から持参した小ぶりのお椀に、ラーメンの麺、煮卵、メンマ、ほうれん草を取り分けしょうゆ味のスープも注いでやる。いただきま、す。消え入りそうに言って食べ始めた。お肉は、死んだどうぶつ、と呟くのも聞き取った。

まぁ、そうね、と相槌を打ち、ヒロはどうしてもひさしぶりの肉を欲して、断面が夕空のばら色をした厚切りの叉焼《チャーシュー》を真先に箸で挟み、頬張った。嚙みしめたら滲む脂を味わい、咀嚼音が漏れだすと、クマオはその音すら聞きたくないのか、だまって畳の隅に転がった洗濯ばさみを見つめる。今日は、昼もたいして食べなかったのに夜も食欲がないのか、メンマしか口にしなかった。炒飯も野菜炒めも、すすめたら顔を背け、炬燵から這いだす。

モール内のフードコートに連れてゆけばよかった。

　玄関の側にあるハンガーラックのまえに立ち、掛けてあるものに触りだした。濃紺のレインコートが気になるようで引っぱる。ずっと着ていないもので、積もっていた埃を吸いこんだらしく咳込んだ。ヒロは、ベランダへ出て埃を払ったのを自分の体に合わせ広げてみせた。フードがついているポンチョ風のデザインだ。

貸して、貸してちょうだい。腕を伸ばし、着たがる仕草をする。頭から被せてみたら、ヒロなら膝丈になるのを全身おおわれたうえで裾を引きずった。冷蔵庫からマグネットを剝がし、胸もとに掲げて得意そうにする。天使を包む衣とレインコートはシルエットが似ていた。

こういう、だぼっとした、体の線をわからなくさせる服が好きなの？

意味を察しているのかいないのか、頷いてみえた。じゃ、着ていていいよ、と許可した。円形の禿は、警察に捕まった直後はなかった。施設へ入ってから、気がつくと広がり、ヒロが接し始めてから治ってきた、と園長には言われていた。ヒロは、むかし保育士をしていた頃、同じ症状に見舞われた。子どもを好きで資格を取ったのに、我に返ると痛めつけそうになっている自分が怖く、罰するように髪の毛を抜くのに嵌った。

推定五歳であっても、ただ、禿がある、というだけですでに自分と通じるなにかをこの子は抱えているのだと思った。人知れずだれかに詫《わ》びているのかもしれない。残りのラーメンと野菜炒めを平らげ、炒飯はタッパーに入れ保存するあいだ、レインコートをすこぶる気に入ったらしく、衣ずれがしゃかしゃかと響きつづけた。

洗った食器を盆に載せてドアの外へ出し、園長がくれた林檎を剝いた。クマオは炬燵へ戻り、兎のかたちに切ったのを手掴みで皮ごと食べ始める。林檎とトマトは好きなのだ。階段をのぼる足音が迫りドア越しに立ちどまると、ぎゅっ、としがみついてきた。

く、ま?

ううん、人間。きみは、熊、の出るところにいたの?

おかみさんは、ありがとうございました、ひと声かけて盆を下げ降りていった。

周りに、熊、がいるから、熊、のつく名前になったのかな? ……先生は、熊、好きだよ。冬が来るまえに、笹の葉を自分で嚙んで柔らかくして、洞穴に敷き詰めて、お布団にする話が好き。自分でお布団を作れるって、えらいと思わない?

せっかちに去る靴音に向って首を伸ばし、店の引き戸が閉められてからも耳を澄ませているようすで、問いには答えない。トイレのありかを訊かれた。レインコートは着たまま、ズボンとパンツをぬいでドアのまえに放置し入っていった。水を流し出てきたら、再び姿見へ近寄り、さっきより姿勢を正し自分の全身を見つめた。フードまで被り顔も隠した。

お風呂も、ひとりで入れるんだよね。

いっしょに入りたがった場合のために、園長は海水パンツを持たせてくれていた。

ふたりで、入ろうか。

ヒロは、昨夜のうちに掃除をすませていた浴室へ入り、ミルク色の湯船にお湯を貯め始めた。あの子は、ちょうど下半身裸になっていたから、海パンを渡すと自分でコートに隠しながら穿き、コートをぬがせたらセーターとシャツも自分でぬいだ。ヒロも、いつ以来か思い出せぬほど、ひさびさにセパレートの水着を着た。ホテルの後輩には、辞めたあともピルを割引きしながら横流ししつづけている。節食する日々で痩せて、一時期無理だったものが入るようになっていた。姿見をふり返ると、学生の頃に買った水色と薄緑のチェックがさすがにそぐわなくなった不様さに腹を押え笑いたくなる。

はだかんぼ、じゃないんだね。

椅子に座らせて髪を洗っていると、意外そうに呟く。

きみが、三つならともかく、五つだから。女と男でお風呂に入るのは、なんていうか、微妙な頃。

び、みょ、口の端をほころばせ可笑しげに唱える。初めてこの子をおもちゃ屋で見かけたときは、全身に針を立て自分を守っている印象があって、暴行でも受けたのかと案じた。保護されたあとの身体検査によると、他者から傷つけられた痕は見つからなかったらしい。

ちんちん、見せちゃ、だーめ。

ふと、耳にした憶えのない文句を呟くのを聞き取った。リンス入りシャンプーを泡立てる手を止め、訊き返した。

え？　いま、見えてないけど。

まえへ回りこみ顔を覗きこんだら、眼を瞑った。頭の天辺からすすぎ始めた。指で髪を梳いてお湯を行き渡らせ、先祖は猿だった名残を感じる産毛のある背中も流してやる。胸、おなか、手足、晒されている箇所は、穴があきそうに見つめても、どこにも掠り傷さえなかった。

ヒロからさきにひとり用の湯船に浸かり、膝を伸ばし座った。クマオも入ってきて、狭いせいもあり抱きついてくる。頬が触れあって、髪に微かに残ったカモミールの香りを嗅ぎ、背中へ手を回した。まだ皮膚そのものにたっぷりと水分を含んでいて、自分はすでに枯れ木になり始めているようで吹きだし、ばぁ、とおどけて言って向うの体を押し返しながら体育座りをした。向うは正座し、伸びあがって顔を両手でおおい、いない、いない、呟く。次の瞬間、ふたりは同時に、ばぁ、と叫んでいた。天井に声が反響する。

クマオは水面を叩き、ヒロのまえで初めて、眼をなくし笑った。ばー、ばあッ、低めたり裏返ってみたり調子を変えくり返し、あひゃひゃッ、面白くてたまらなそうなしゃがれ声まで立てた。

しぇんしぇは、お星さまになったよ。

お風呂からあがると、ヒロにバスタオルで体を拭かれながら呟き、しつこくレインコートを着たがった。隠しながら海パンをぬぎ、替えのパンツを穿く。

しぇんしぇ、って……、だれ？　わたし？

首もとを指さしたら、頭上の蛍光灯へ指を泳がせ、辺りを見回す。時計や電気スタンドも指さした。男なのか女なのか訊いてもにやけるばかりでだまっていた。

寝よう。寝ない子は、おばけになるよ。

台所の流しに置いた鏡を見ながらヒロが歯を磨き始めると、リュックから歯磨きセットを出して持ってきた。ブラシにメロン味のクリームを伸ばしてやった。自分の口へ突っこみ、磨くのではなくべとつかせる。コップから水を含ませたら飲みこんだ。ぐちゅぐちゅ、ペッ。教わってるでしょう。なだめて流しへ向って抱きあげると、成功した。

両脇の下に差し入れた手のひらにナイロン越しでも伝わるぬくもりを感じながら、ヒロは、さっきのこの子の呟きについて考えつづけた。同じ園には、地球のみなさん、ハロー ハロー、と言い出すことのある子がいて、ヒロも呼びかけられた経験がある。前世は宇宙人だったのかな、と先輩が笑っていた。

九時をすぎ、眼つきのとろんとさがりだしたクマオを布団へ入らせた。傍らに座って訊いた。

ねえ、きみは……、どこで生まれて、どこからこの町へ来たのかな。

しん、かん、せん。こまち、のぞみ。

新幹線なら、どこから来たのか教えてくれたら、乗せてあげる。

み、しぇない、答える声が弱まった。瞼が落ち寝息を立て始めるまで、ヒロは、雪に埋もれ凍え死んでしまいそうな痛々しさを感じる血の気の薄い顔を見守っていた。

腰の辺りが冷え、携帯で天気予報を調べると明日は雪だるまのマークが出ていた。外はすでに降り始めているのかもしれなかった。亀の子型の湯たんぽを熱するあいだ、耳についた言葉をメモした。手がかりへつながるものは、このなかにあるのだろうか。蒸気のあがり始めた湯たんぽを火から下ろし蓋を閉め、フリースのカバーに入れた。掛布団をめくったら、あの子の裸足の裏が覗く。低温火傷をさせないために明日用の靴下を穿かせた。

園長の言う通り、他の人よりなついてくれているのだとしたら、自分は、共に暮していただれかと似た部分があって、なつかしいのかもしれないし、あるいは、全く違うのが新鮮なのかもしれない。部屋を暗くして携帯をいじった。シャトーサンマリノ、で検索してみる。喫茶店をひらいた移住者がバスク風チーズケーキの写真をアップしていた。

早めに眠くなり、エアコンと電灯を消し隣へすべりこむ。がさがさとナイロンが当たる。これから、夜が明けるまでにマグニチュード9の地震があったなら、アパートは食堂を押し潰し倒壊するだろう。せめて、生きながら焼かれて死ぬことだけはまぬがれたい。カーテンの裏や天井の隅に潜りこんだカメムシたちの動き回る音を聞き、クマオとは肘だけ触れあわせ互いに仰向けになったまま、しだいに意識がうすれた。

翌朝、園長が迎えに来た。ヒロたちは雪の積もった路上へ降りた。クマオは、セーターにズボン、ダウンジャケットのうえからレインコートを着たがって暴れ、したいようにさせてやった。車に乗り、モールへ行ってほしいと頼んだ。

昨夜は、なにか、めぼしいことは。

園長がハンドルを切り訊いてくる。横に座ったクマオを窺うと、遠くを眺める眼つきでいる。近所の庭の餌台から盗ったらしい蜜柑《みかん》を咥えた鴉《からす》が羽ばたいていった。トラッ、ク、と指さし呟いた。引越し会社のものが黒ずんだみぞれ状になった雪を跳ね飛ばし走り去った。いいえ、なにも。いい子にしてましたよ、とだけ答えた。

子ども服の売り場でレインコートを見つけ、あの子は迷わず濃紺を選んだ。やっと、大人用のをぬいで試着してみる。園長が会計し領収書をもらった。

楽しかったのなら、次もこういう機会を作りましょう。

電車に乗せてあげたいです。できれば新幹線にも。

ヒロは自分のための買物もしたくて、ここで別れることになった。エスカレーターを降り一階の自動ドアまで見送った。また、あさってね。手をふると、頷きふり返してくる。園長に引きずられるように外へ出て、こちらに背を向けると、いつも通り丸めて歩きだした。帰っても泣かないよう祈って、目当ての生活用品店へ向かった。

アイ

ヒロが、初めて森のことり保育園であの子を目撃した十月のある日、下界へ降りたアイとリツもそこにいた。近くの産直の駐車場に車を停めてそこから双眼鏡を手にユキを探していた。

ニュースを聞いた夜から、自分たちの日々の命をつなぐための食事は摂れるようになった。翌週には野良仕事も再開し、注文の入ったぬいぐるみを発送し、新しいのも作り始めた。アイの眼には、リツは、あの子と再び会うのを早くもあきらめつつあるらしく映った。どんな用で話しかけても耳から耳へと声がすりぬけてゆくように反応が鈍く、うわのそらでいる時間が増えた。体を動かすことでやるせなさを紛らわせながら、アイは率先し、預けられていそうな施設や通っていそうな保育園を検索しリストアップした。森のことりは、偵察に訪れた四つめの園だった。

アイはふと、柵の手前に、肩さきのだぶついた灰色のジャケットを着て褪《あ》せたジーンズを穿いた引っ詰め髪の女がなにかに吸い寄せられるように佇んでいるのに気づいた。女が立ち去ると、その向うに、しゃがみこんで虫かなにかを観察しているようすのあの子を双眼鏡が捉えた。レンズのなかのあの子は親指くらいの小ささで、眼鼻立ちは霞んでいるもののの、ひとめでわかった。

い、た。呟いてリツにも双眼鏡を渡した。人ちがいじゃないの。疑い深そうに受け取ったリツも、覗きこむなり、ユキ、ユキ、狂乱し名前を呼んだ。園長っぽい眼鏡の半白髪が縁側に現れ、あの子を立たせ屋内へあがらせるまで、交互に見つめた。うしろ姿を向けると猫背気味になったのがアイは気になった。丘にいた頃はそんなことはなかった。

さっきの灰色の、もしや、生みの親？　それか、縁組を考えてる人でしょうか。

さあ。ユキは、かなり、浮いて見えたね。

順応、できてるとよいですけど。

ユキが発見されたニュースを知り、ふた月が経っても、アイたちは、人目から隠し五年近く育てていたのは自分たちであると、どこにも名乗り出る気力が出ないままでいた。考えれば考えるほど、罪に問われるのはまちがいないうえに、再び、引き取れるわけもない。もしも、あの子がなんらかの証言をして捜索の手がここまで伸びてくるのなら、胆《きも》を据え応じるつもりでいた。

初めにおもちゃ屋で捕まったと報じられて、ひと月ほど経ってからだったろうか。ク、マ、と自称しているという福祉関係者の談話を知った。きっと、女たちの話に熊が出ることが多かったせいだろう。他にも、死んだ先生、畑で採れるもの、仕事場にあふれる奇抜な色あいのぬいぐるみについて、明かされるキーワードの組み合わせ次第で丘のうえの家が浮上する可能性は充分にある。

産直に入ると、家の裏でいくらでも採れる野生のしめじや舞茸、香茸が、どれも種類ごとにパック詰めされ高値で売られていた。傷ものの林檎を買い車を発進させた。今日は、ひとまず、園のありかを突き止められただけでよかった。スパイにでもなった気分だった。

それから、アイは半月おきにリツを誘っては、片道二時間半かけてユキを眺めにゆくのが習慣と化した。園の外で遊んでいることもあった。同い年くらいの子たちが鬼ごっこや駈けっこをしている輪には入らず、砂山を作ったり、空を仰ぎ渡り鳥の隊列の行方を追っていたりする。髪は伸ばしっ放しで、丘では与えなかったジーンズを穿いていることが増えた。合わせるのは、横縞のラグビーシャツやアルファベットのロゴ入りトレーナー、スタジアム風ジャンパーなどだ。アイは、似合っているのに感心した。ひとめで、男の子、とわかるデザインの服ばかりになったのがリツは不満らしい。好みではないものを着せられているせいで顔色が冴えないんじゃないの、とぶつくさこぼした。

でも、身寄りのいない子だなんて考えられないくらい、こぎれいにしてるね。陰で支援してる人がいるのかな。

じゃあ、いずれは、その人が養子に？

年が明けても、丘のうえに警察などが事情聴取にやって来るようすはなく、ふたりは、おもちゃを片づけた家で暮しつづけ、まもなく雪に閉ざされた。アイはとくに、寝ている時間が増えた。たとえレンズ越しでも、動いているあの子に会えなければなにもする気力が起きない。

陽が出てきて三週間ぶりに園へ向ったとき、ユキは、外にいた。橇《そり》すべりの集団から外れたところで、茶色いダウンコートをもっさりと着た女の先生につきあってもらい、雪だるまを拵えていた。すでに黒い小石の眼玉が出来ており、小ぶりの人参を一本、手渡されて鼻として埋めこむ。へへ、と悦に入り笑う声が聞き取れた。耳の奥で勝手に再生されたのかもしれない。リツに双眼鏡を奪われた。

産直で野菜を買った帰りみち、アイの胸のうちでは、園で女の先生と打ち解けているようすだったのに安堵と嫉妬の両方がこみあげ渦巻いていった。運転はリツに任せきりで、家に着くなり二階へあがり寝こんだ。

翌週、フミ先生の一周忌を迎えた。アイは、沈みきったままでだるくて、ふたりで行くはずだった墓参りへリツだけを送りだした。居間で薪ストーブに当り、消化のよいものを、と頼んで作ってもらったビーツのポタージュを味わい、昨年のこの時期に起きたことを思い返した。

先生は、亡くなる数ヶ月まえから食欲が衰え、干からびるように痩せていった。警察と同じくらい病院を嫌って行きたがらないのを、リツが車に乗せて連れてゆくとそのまま入院が決まった。リツも、望まれてしばらく下界に留まることになった。

きゅーきゅー、しゃ。ごみ、せーそー、しゃ。しょうぼう、しゃ。せんしゃっ。

朝から晩までテレビを見せていたその日、働く車の名を夢中で呟きつづけながらユキが寝たあと、家の電話からジョンの携帯にかけた。留守録につながる。

夜分にごめんなさい。もう、寝ましたか？　お休みって、いつでしたっけ。

なるべく、ほがらかでいやらしくない口ぶりを意識し、伝言を吹きこんだ。

あさってまで、リツと先生、いないんです。今週は天気もいいみたいで、よかったら、丘まで遊びに来ませんか。……よかったら。

幸い、バイトの休みと重なっていたらしい。翌日の午前中には折り返し連絡があり、ジョンは友人のジムニーを借りて丘へ現れた。遠くから弧を描くように迫ってきたエンジン音が止まり、雪を踏む足音につづきドアをノックする音が響く。テレビを見ていたユキはソファから降り、台所のアイへ走り寄って尋ねた。

く、ま？

限界を迎えると、ジョンの住む町へ車を駆っては、働いているレストハウスに寄る。珈琲を淹れてくれる時もあれば、レジを打ったり、おみやげコーナーを整理しているのを見つけて話しかけることもあった。いらっしゃい、とほほえまれたら気が晴れ晴れとして、水中から浮きあがり酸素を吸いこめる。運よく休憩時間に当たれば、ならんで浜辺を散策する。それだけの関係を、すでに一年つづけていた。

そうね、熊は熊でも、いい熊。アイの、お友だち。

いい、く、ま。……わるい、くま。

いま、外にいるのは、悪い熊じゃないよ。悪い熊は、いまは冬ごもり中。

拳骨《げんこつ》を握りしめた手を引き、玄関へ連れていった。それまで、丘のうえではいちども対面したことのない、女たちのだれより背が高く顎には無精ひげを生やした人間の男を見るなり、ユキはアイの背後へ隠れた。

お子さん、ですか。この子についてはなにも話したことがなかったから、眼を丸くし訊かれた。発せられた青臭さのある低い声もユキには慣れないもので、ふるえだすのが伝わる。こんにちは。親しみをこめ笑ってブーツをぬぎあがりこまれると、ユキは、もっと近づいてみたい気持はあるようで、アイのおなか側へ回りこみつまさき立ちになり、しがみついてきた。髪はすでにおかっぱを通り越し肩まで伸びて、あの日は、ベージュの上下を着ていた。

アイが抱きあげたら、まばたきし凝視していた。手をふられたら、再び脅威に感じたらしく肩に顔を埋めた。こわ、い、と呟く。居間へ入るようジョンを促し、アイは、用意していた答えを口にした。

甥っ子を預かっているんです。

あ、男の子、なんですね。ズボン？　スカートっぽく見えるけど。

そう、男の子。でも、将来、どうなってゆくかわからないでしょう。だから、いまのところ、どちらでもないように、これから、どうなっても大丈夫であるように育てていて、この子も、いまはそれが心地いいみたいで。こんなふうにしています。名前は、ユキです。

雪の日に生まれたから。

幼稚園で、仲間外れにされたりしませんか？　男なら、男っぽくしないと……、女っぽくされてると、あとで親を恨んだりするんじゃないですか。

わたしも、そこは心配なんですけどね。この子の母の方針だから、口出しできなくて。

じゃあ、リツさん？　おれを、野垂れ死にさせようとした先輩も、ユキくんなら平気なんだ。

ええ、男、っていう圧を感じないですんでいるから。

はぁ、おれは、あの人がマフィアよりおっかないけどな、とジョンは虫も殺さなそうに肩を竦め笑って、懲りずに眼を合わせようとする。ユキは焦って腕から降りたがり台所へ飛びこんだ。テント、うさちゃんのテントぉー、叫ぶのが聞える。

はい、はい、いま出そうね。アイは、台所の奥まで隠れたユキに声をかけ、ジョンにも手伝わせて居間の隅に黄いろいテントを張った。川の流れる田舎町をバスが走ってゆくプラレールもセットする。呼び戻したら、意気揚揚と潜りこんで電子音が漏れ始めた。ジョンは、熊の脂をハンドクリーム代りに使っている、と言い、におうのかな、と自分の手を嗅ぐ仕草をし笑った。

珈琲メーカーは壊れている、と伝えてあった。おみやげのドリップパックを受け取るとストーブで湧き水を沸かし、焼き物のカップに淹れた。ほんとうは三人で、いっとき、家族になったみたいにランチを囲む光景を思い描いていた。

来年には独立し自分のワインバーを始めるつもりで、いま、夜は居酒屋でも働き資金を貯め準備している、と聞いていた。地産地消をモットーにつまみにも力を入れる。インテリアは西洋の骨董で揃える。

恰好いいね、と実のない相槌を打ち、好みをつらぬくのにいくらかかるのやら空恐ろしさをおぼえた。参考にしたい、とのことで、ここでの年間の収益を訊かれ、ただでさえ乏《とぼ》しいのをもっと減らし答えた。何秒かだまり、凄いですね、と褒めてくれた。助けてやれないのは悔しかった。現在の半分ほど若ければ、共にカウンターへ入り生ハムをスライスしたり、リツに教わった牡蠣のオリーブオイル漬けを作り、いっしょに選んだ青い絵の小皿に、壜から出した牡蠣を、金色の油を滴らせよそったりしていた、もうひとりの自分を瞼に描いた。

テレビの立派さをジョンは羨ましがり、ネットにつないで、彼が好きだというアメリカの古いロックバンドの解散コンサートを追ったドキュメンタリー映画を観た。ゲストとしてステージへ招き入れられる歌い手たちについての話を聞きながら、根菜のピクルスや、冷凍してあったのを温めた鹿シチューを味わった。

リツのレシピをもとに焼くのに挑戦した林檎のクラフティはテントにも運んだ。いったん、電子音は止まり咀嚼する気配が伝わり、空になった木の皿を出す手が覗きプラレールを再開する。いっぺん、這いでてジョンのほうは見ないでトイレへ走り、またテントへ潜った。しんとして覗きこんだら昼寝をしており、毛布をかけてやった。

名前だけ知っているボブ・ディランが登場し、英詞をそらで口ずさみつづけるジョンの隣に座る。ソファのうえで、指のながい手を見おろし、さりげなく自分の手を重ねようとして、まるでさりげなくなどないのが恥ずかしくて止めた。向うは、そんな動きにまるで気づかぬか、気づかないふりをしている。瑞々しいしゃがれ声でぶっきらぼうに放たれる歌に聴き入りながら、アイは、頭のなかでは、裸で抱きあう自分とジョンの姿を思い浮べた。ムンクの絵みたいに、立ったままキスして結合する。寝そべってもつれあい、向うを仰向けにしてこちらからのしかかり腰を動かす。閉経したから妊娠の怖れはない。否、もとからなかった。

終りましたね。

あくびをこらえていると溜息まじりの声がして、我に返った。テレビは暗くなっていた。壁時計は三時をすぎ、もう、行かなくちゃ、とジョンは立ちあがる。トイレを借り、ユキはその隙にテントから出てきた。絨毯におなかをすりつけ、いい熊は帰ったのか、訊いてくる。

いるよ、ここに。高い高い、してやろうか。

うしろへ回りこんだジョンに提案され、あの子は、意を決したらしく立ちあがった。向いあって両腕をひろげ、いつも、女たちにするようにまっすぐ伸ばす。よっしゃ、とジョンは気合を入れ呟き、腰に腕を回すと放り投げるように頭のうえまで持ちあげた。髪が揺れ、左耳にだけ銀のピアスが刺さっているのに気づいた。

ほーら、高い、高い。天まで、あがれ。

意外にも、ユキは怯えて泣きだすことはなく、その遊びを喜んだ。肩車で階段を昇り降りされ、飛行機の姿勢で抱えられ一階を何周もして、足首を摑まれ逆さまになってはでんぐり返り、相撲も取った。ちいさな手のひらで押されるなり、ジョンは、どんッ、と呻いて後じさって尻餅をつき引っくり返る。ふたりのはしゃぎ声は、窓から射す光が琥珀色を深めてくるまで家じゅうを明るくしていた。

去られたあと、丹念に掃除して痕跡を消したつもりだった。翌朝、下界から戻ったリツは、燃えるごみ箱に捨てた使用ずみの珈琲のドリップパックを怪しんだのだろう。ジョンの住む町の焙煎店の名前の入っているものを拾いあげ、これはなに、と問い詰めてくることはないまま、流し台に置きっ放しにした。捨てると、また出してある。夕方に再び病院へ向った。

きのうの、熊の、おうちはどこかな。

風呂に入り、膝に座らせ抱きしめていると、ユキは気になって仕方なかったのを我慢しきれなくなったらしく訊いてきた。あの熊は、とっても遠くから来たよ、と答えた。山をいくつも越えたんじゃないかな。

また、遊びに来る?

先生と、リツには内緒にしてくれていたらね。きのう、いい熊が、ここへ来たのは、ユキとアイだけの秘密。

バスタオルで全身を包み拭いてやる。指切りげんまんをした。

寝かしつけたあと、アイはスコップ片手に家を出た。白い息を吐き、すべりながら丘を降り、廃屋になった農家の庭にドリップパックを埋めに行った。ジョンとは、何度か手紙を交わした。送ったという写真が、アイの手もとには届かなかったことがあった。向うは、リツ姉さんにばれて捨てられたんじゃないの、と引いた笑いを浮べた。筆跡でわかったかも。男がいなかったら、自分だってこの世に生まれてきていないのに、男は、男、というだけで寒い雨の夜に放りだして死ねばいい、と考えるくらい憎んでるの、相当、取り返しのつかない傷を負っているんじゃない。

アイは、郵便局のミスだと考えていた。月に照らされしゃがみこみ、凍りついた雪を砕き土を掘り、ジョンが当たっていた気がした。森のほうへ傾くオリオン座を仰いだ。ベルトの下の星雲が赤っぽく煙ってみえた。二日後、まだ真暗いうちに、先生は容態急変し危篤になったとリツから連絡があった。ユキを、外部の人目には晒せないため、アイは丘のうえにふたりで留まり奇跡が起きて回復するよう祈った。

陽が昇る頃、息を引き取った。

二月、三月、ユキは屋内へこもっているのか、風邪でも長引いて休んでいるのか、はるばる眺めに出てきても姿を捉えられない日がつづき、ジョンは、南の島へ引越した、とレストハウスの店長から聞いた。畏れていた四月に入り、この年初めて、鶯《うぐいす》の晴れやかに歌う声が耳をくすぐり響いた。雲雀《ひばり》たちも屋根まで舞いあがって鈴のような声を転がし、カーテンを閉めた寝室にいても、丘のうえは緑を一気に繁らせる光で溢れてゆくのがわかる。リツは、起床するなりアイに話しかけてきた。

今日こそは外で遊んでいそうじゃない？　会いに行こうか。

向うから誘ってくるのは初めてだった。アイは、乗り気になれなかった。布団にうつ伏せ、名前を呼ぶことすら許されないつらさにかきむしられていた。

なんとも言えず横眼で窺った。だまっていると、不審そうに身を乗りだしてきて、いたって真面目に、会えるのにちがいないと確信し爛々と光る瞳をまえにして、胃に鈍痛が走った。いっしょに雪だるまを作るのは、自分でいたかった。惨めさに叩き落とされるだけの覗き見を、会う、と言い換え前向きのようすでいるリツを、瞬間、撃ち殺したくなるほど侮蔑した。

姉さんだけ行って、報告をください。

それじゃ、運転が。……郵便局だけ、行くことにするね。台所に鹿ハムのサンドイッチがあるよ。ポテトのスープも。

きのう、家の裏の森へ入ったら、湿地に群生する水芭蕉の葉が齧られているのに気づいた。熊たちのしわざだ。熊は、冬眠から醒めると、下剤の作用を持つあの葉を真先に食べて体内に溜まった老廃物を排出する。リツの車を見送ると、アイは、ユキがいなくなるまえの週、いい熊に、ボールみたいに投げられてキャッチしてもらう夢を見た、と話していたのを思い返した。布団のうえで横転し、髪をふり乱し飛び跳ねてみせてくれた。

ねえ、来ないじゃない。いつ来るの。ユキ、しぇんしぇにもリツにも言ってないよ。ごはんを、ユキの大きらいなお肉もね、残さないで食べていたら、そのうち来るよ。もうちょっと待ってて、とアイは言い聞かせ、あの子は、その通りにして下痢が止まらなくなった。治ったところで、冒険へ出て行った。

パジャマから洋服に着替えると、朝ごはんはぬいたまま、家に鍵をかけひとりで丘へ出た。アイの足はひとりでに、雪溶けのために轟《とどろ》く沢の水音の伝わる森へ吸い寄せられていった。見おろせば、淡い緑にかがやくふきのとうがあちこちに芽生え始めている。すでに花ひらいたものもある。まもなく群れを作りシベリアへ渡る準備を始めるはずのつぐみは一羽ずつ行動していた。煉瓦《れんが》色のおなかのが小走りし虫を捕えている。

冬のにおいは、まだ漂っていた。アズマイチゲやカタクリ、すみれがいちめんに咲き始めるのはこれからだ。辺りが春におおわれるまえに、アイはいっそ、この世から消えたくなった。

焼き捨てたアイの白黒写真のイメージはリツの眼の奥に残りつづけ、ふとした拍子に色つきでよみがえるようになった。自分はいままで、五十年あまり生きてきたなかで、だれかをいとおしく思い向うからも同じようなまなざしが対等に返ってきた経験が、いちどもないのを痛切に突きつけられる。

ユキは、自分の眼のまえに初めて現れたそういう存在だった。それだけで満ち足りていたはずなのに、アイには、もうひとり、丘の外に会いたくて会いに行っては会ってもらえる相手がいるらしいのを知ると、狡《ずる》い、と感じるのを止められない。バランスを崩していった。

推定三歳をすぎた春のある午後、先生たちは車で出かけ、ユキとふたりになった。お昼に人参入り蒸しパンとほうれん草の卵焼きを食べさせたあと、うとうと、眠り始めた。抱っこしてうえへ運ぶ途中、おもらしをしているのに気づいた。やさしく布団へ寝かせ、スカート風にみえる薄青いズボンをぬがせる。柔らかな脚を持ちあげる。いっしょにお風呂に入ったのはいちどで懲りたものの、皮膚の触れあった快さは、ずっと、憶えていた。外から鳥の囀《さえず》りと蜜蜂の羽音の唸りだけが聴こえる家のなかで、意識を失っているあいだに裸にして抱きあうのは、罪にはならなそうに思い始めた。

濡れたパンツを引きおろしたら、ぴょこん、むき出しになる。桜餅の生地を筒状に巻いたのだ、と自分に言い聞かせ眩暈がして、さっとティッシュで拭いてきれいなものを穿かせた。うえは裸にし毛布をかけた。よし、よし、口のなかであやすように呟き、自分の着ているものもぬぐ。胸は片手でおおいながら隣へもぐりこんだ。

ユキの体は横にして、うしろから抱きしめた。皮膚を合わせているとなめらかさとぬくもりが移り、はちみつ色の光に包みこまれる錯覚に陥る。

あ、う。

暑苦しく感じたのだろうか。寝言を漏らし腕からすりぬけられそうになり、力を加減しおなかを抱えた。再び、おとなしくなる。背中で乳首がこすれ、あと十秒、二十秒で止めようと思いつつ切りあげられない。きゅっと抱いた。向うから反転し、眼もくちびるも閉じたまま、肩に顎を持たせかけてきた。呼吸を交錯させながら、パンツがないほうがより溶けあう感覚を得られそうな気がして、ぬがせて、こちらもぬごうか迷っているうちに、山の向うから車の震動が伝わる。我に返り毛布から出て服を着て、あの子にも着せた。

時計をたしかめたら、毛布にいたのは五分にも満たない。ただいま。先生たちが戻ってドアをあけ、リツも降りていって古着の詰まった段ボール箱を運び入れるのを手伝う。

ユキは、昼寝したから。いないあいだにお茶にしましょう。

昨夜焼いておいたパウンドケーキを切り分け、冷えに効くなつめ茶も淹れた。うつむき、ケーキに入っている洋酒の沁みた桑の実を味わい、郵便局の若い男の不手際さについて笑う先生たちの声を遠く感じた。同じテーブルを囲みながら、水の膜で隔てられるように揺らめいて伝わる。自分はもう、あちらへは戻れないうしろめたさがこみあげ息ができなくなる。

眠りながらでも、なにかいつもとちがう、と伝わるものはあったのだろうか。積み重ねてゆけば、いったい、いつの時点で、のちに、浸食されていたと悟るようになるのやら、気になる。眼ざめるまで生きている心地がしなかった。物音がしたのを聞き取ったアイが階段をのぼっていった。手をつなぎ降りてきたユキは、猫の一家がキャンプへ出かける絵本をリツへ向って、読め、と言わんばかりに差し出し眼をなくしほほえんだ。セーフだ。

丘のうえに出没する生きものたちのなかで、ユキが最も眼にすることが多かったのは、雄の雉だったかもしれない。雪が溶けたら、ケーン、ケケンッ、ク、ク、クンナッ、辺りの空気を引き締める威厳を湛えた声を響かせるのを楽しみにしていて、巧みに真似た。二、三羽の雄が縄張を争い、甲高く叫びあい互いを蹴散らそうとする姿も、好奇心いっぱいに見つめた。

暑くなってくると、リツは、ユキにアメリカザリガニ釣りを教えようと沢へ連れて行った。生態系を荒らすのがこの辺りでも増加している。枯れ枝を竿にして煮干しを縛りつけ、樹々の葉むらを揺らす風がひんやりと首すじを撫でる岩場を歩く。流れが止まったり緩くなったりしている辺りの水底を覗きこみ、紫がかった朱い鎧《よろい》をまとったのを見つけたら、ぴくつく触角のまえに餌を垂らす。喰いつかれたら引きあげて網へ入れ、水を張ったバケツへ移した。ユキに竿を渡そうとすると押し返す。

う、うう。ユキは、いい。こわいよぅ。

じゃあ、こっちを持って。リツを手伝ってよ。

網のほうを差し出しても駄目だ。涙眼になってふるえ、バケツのなかで疣《いぼ》だらけの鋏をかざすザリガニを見ると余計に後じさった。家のほうから熊鈴の音がしずけさを蹴散らし大きくなってきてアイの声がする。お昼ですよ、と呼んでいる。ユキはまっしぐらに走ってゆき、抱きついた。生け捕りにしたザリガニたちは沢へは戻さない。冷凍してから砕いて、おからや米ぬかを混ぜて発酵させ、畑の肥料にする。運命を知らずに動き回る重たいバケツを両手で提げ、眩い陽の射すほうへ、寄り添って笑いあうアイたちのあとを追った。

しぇんしぇは、起きてるの?

ううん、まだ、寝てる。夜には元気になるよ。

汗だくで立ちどまってバケツを置き、水筒のお茶を飲んだ。光の粒の弾けるような声は遠ざかっていった。

困るねぇ、ここに、食べものがなくなったら、こういうものでも焚火で炙《あぶ》って食べて蛋白源にしなきゃならないのに。

リツがぼやくと、アイは、そこまで仕込むのはまだ早いですよ、と庇う。来年にはわたしも狩猟免許を取るし、まぁ、わたしたちの片方が寝たきりになるまえに、習得してくれたらよいのではないでしょうか。遅い、と苛立った。男の子なのに度胸がない、とも怒りかけ、本来、男として育てるつもりはなかったのを思い返し、ばつがわるくなる。そうね、とだけ返した。

これは、なあに。ウッドデッキでサンドイッチを食べている時、ユキは、レタスとトマトと共にマヨネーズで和えられ挟まったハムを指さし訊いてきた。なにを見ても名称を知りたがり、何十回とたしかめるのがあの頃の習慣だった。ハムよ、とアイが答える。

なんの、ハムなの。

リツは、き、じ、よ、口を滑らせた。雉の、もも肉のハム。リツの撃った雄よ。アイのぬるさに反発したせいだ。ユキは、き、じ、と自分に言い含めるように潜めた声で唱え、その向うのアイが固唾をのむ気配がした。

そうよ、もとは、し、ん、だ、雉。雉さんの、お肉。お肉、というのは、もとは、走ったり飛んだりしていた、動物なの。

し、だ。ど、ぶつ。

あんたは、鹿、も沢山食べてる。ハンバーグ、大好きでしょう。命を頂いているわけ。そのうち、わかるようになる。

怖がらせぬようほほえみ、最近、また便秘がちで張っているユキのおなかのふくらみを撫でようとして、止めた。自分はもう、とっくに、触れる資格は失った。指さきから血の気が引き、テーブルに置いた。山の向うに馬の隊列を思わせる雲の浮ぶ空を鷹《たか》が旋回し、雀たちがいっせいに舞い降りては散らばるのをくり返す荒野を渡ってきた風が額の汗を乾かし、足もとは沼へ沈んでゆく。

き、じ。ユキは再び呟くと、体を折り曲げて嚙み途中のものを吐いた。アイが背中をさすり、喉が詰まることはなかった。梅ジュースを欲しがり、ケーン、と雉の声が勇ましく畑のほうから響いたら、調子を取り戻した。ケケンッ、懸命に応答するらしく呟いた。

き、じ。げ、ん、き、だね。

元気よ、大丈夫。アイは頭を撫でて笑い、リツはよもぎ茶を啜って、この子は、いつも遭遇し親しみをおぼえている個体がハムになった気がして打ちのめされたのではないか、と考えた。嫌われたくはない。傷つけたとしたらアイのせいだと舌打ちしたくなってこらえ、残されたサンドイッチを無理やり頬張り言いなおした。

ごめん、いまのは、嘘。このハムは、雉、じゃないよ。雉を食べるのは、鷲とか、狸に狐。人間は……、ユキは、雉は食べない。いまも、食べてないよ。

いなくなるちょうど一年まえの日の午後には、鴉に追われ逃げてきたカワラヒワが、あけていたウッドデッキの引き戸から居間へ迷い込んだ事件があった。パニックに陥り飛び回るのをリツが捕まえたものの、嘴《くちばし》で抉られた痕から血を流しており、手のひらのうえで眼を瞑り冷たく硬くなっていった。アイは止めたのに、ユキはどうしても見たがり覗きこんでいた。

死んじゃったから。お墓、作ろうね。リツは、抹茶とレモン色の毛の子をティッシュで包んだ。畑の脇に穴を掘り埋めてやる。土をかけるのをユキも手伝い、小枝を貼りあわせ作った十字架を立てた。

幼い子どもには、そう言うものだ、という思い込みから、星になったよ、と教えた。あれ以降、ユキは、肉の入ったおかずを拒み始めた。


先生とアイがいっしょに出かけるのはひと月に二、三回ほどで、その時分、ユキが昼寝に入るとは限らない。春以来で同じ状況になったのは秋だった。止められなかった。毛布のなかで密着しあい、寝息と鼓動を感じ、森のほうから伝わる、数え切れないどんぐりがみずからの重みに耐えきれなくなり落下する雨の音を聴いた。

あの子は、まどろんだままこちらの体を這いあがって耳たぶにさわることがあった。軽く引っぱられていると、乳首が背中にこすれるときと同じく、体の奥のほうがバターと化しとろけだすようで、起こさぬよう、向うの位置をずらす。膝小僧が脚のあいだへ割って入り性器を刺激することもあった。変な息が漏れて天井を仰ぐと汗ばみ、向きを変えさせる。

布団から這いだして服を着ながら、弾けて降りしきるどんぐりの雨音に、今年の熊たちは食べものに困ることはないだろうと脳裏をよぎった。おなかが満たされると子沢山になる。豊作の翌年は凶作になるのがどんぐりで、来年には飢饉が起きるのを予想し身震いした。先生は夏頃から気力の衰えが目立ってきて、年が明けたら丘のうえの代表は引き継いでもらいたいと言われていた。アイのことも、この子も、守ってゆかねばと心に誓い、なにも知らず眠りつづけるユキに服を着せ、靴下を穿かせた。

カワラヒワを看取って以来、毎日、お墓へなにかを捧げにゆく習慣は、休まずつづいていた。初めは、昼顔の花をあげていたのが野菊に変わり、けさは、野茨の朱い実を十字架の周りに飾った。来年か再来年には、ああいう実を餌にして罠を仕掛け、小鳥たちを捕えるやり方を教えるつもりだった。

いなくなる何日かまえ、また、肉を食べるようになった。牧場主に貰った牛肉を挽いて完熟トマトと煮込んだボロネーゼソースを絡めたマカロニを、進んで味わった。やっぱり、男の子は肉よね、とアイは決めつけ、リツは反発し、わたしは女でも幼い頃から肉好き、家に余裕がなくてじゅうぶん食べさせてもらえなかったけどね、と水を差した。

すでに亡くなって半年経っていた先生は遺影に納まり三人を見守っていた。ユキには、もちろん、星になったよ、と教えた。カワラヒワのお墓の横に板切れを組んだ十字架を立て、ここにもいるよ、リツが囁いたら自分なりに受け止めているようにみえた。福寿草やすみれ、夏が来たら蛍袋やカンゾウの花を供えた。

い、たい、おなか、くる、しい。

鹿のレバーのパテを塗ったトーストを、ひと口だけ齧ってのみこんだ夜、ユキは、アイにトイレへ連れられていって、吐いた。おなかもくだして泣いた。布団は居間に敷いてあげて、アイに付き添われひと晩じゅう、トイレと往復した。薬草を煎じてのませようとしても不味さのあまりに吐いて喚き、朝になったら病院へ連れてゆこうかどうか、リツたちは話しあった。おなかのものをおおかた出すと、痛みを訴える頻度は減っていった。

翌日は、薬草の汁を我慢しのみこんだ。体が楽になるのをわかってくれた。丸二日、絶食はつづき、三日めの朝に、お粥を食べた。

郵便局、行ってきますね。ついでに買出しも。

午後になり、アイは車で出かけた。ユキが昼寝に入ると、リツは畑へ出て育ちすぎた野菜を収穫した。山ほどの茄子に胡瓜、茗荷《みょうが》を塩漬けにする。粉雪にみえる粗塩をまぶしながら、アイは来週辺り、また沿岸へ行くのではないかと閃いた。

ふり返ったら、壁にカレンダーが掛かっている。それぞれの予定を書きこんであるものだ。まえにアイが魚介を買ってきたのは七月半ばで、ひと月以上が経っていた。ついでにジョンと会う。

先生の最後の入院中、ここへだれかを招き入れたらしいのが、ずっと、引っかかっていた。いったいだれなのか、問い詰めたりするのは、嫉妬しているみたいでみっともなくて許せない。ちがう、と叫びだしたくなりながら否定しきれない気もして疼《うず》く。

リツが、消毒薬と甘く饐《す》えた尿のにおいの漂う病室で精一杯、先生の冷えゆく手を握っていた同時刻、アイは、ユキが折よく昼寝したすきに、ジョンと睦みあっていたのかもしれなかった。カメラのレンズを通しアイを慈しんでいたと感じられてならない。

手を洗い、階段をのぼっていった。窓の外では時鳥《ほととぎす》が初夏以来で啼き始め、どうしたことかと動揺し、一瞬、立ちどまった。腰をぬかしたような響きの声は森の奥へ吸いこまれてゆく。熟睡したようすのユキを、パンツまでぬがせ裸にし、自分もそうなってタオルケットへもぐりこんだ。向いあって抱きしめる。下腹に走る手術痕の辺りに軟体動物めいた突起がこすれて、うす気味わるさに耐えているうち、縫い目がめくれ、真赤な肉が花ひらいてのみこむイメージが浮んでは消えた。冬に脂の乗った雌の鹿を解体すると、死んだ胎児が出てくる時がある。ユキは、だれかのここにいた。

今日こそ、ほんとうに克服できそうに思え起きあがって見おろした。息を吹きかけようとくちびるを寄せ、尿のにおいを嗅ぎ取った。いまのちいささなら、道具は使わないで握りつぶすことも可能ではないだろうかと考え、手のひらで包もうとしたら寝返りを打った。下着と服を着せ、自分もそうした。元通りにタオルケットをかける。

夜は、なにか、食べたいものはある。

まばたきし覚醒したあの子を覗きこんで訊くと、ごろごろし、ほほえんだ。

なすの、おみそしる。

ユキには、柔らかめに炊いたごはん、ひよこ豆のコロッケ、刻んだトマトを用意した。大人のメインは夏野菜のカレーにする。ユキは、茄子の味噌汁だけを平らげた。さっき、夢を見たよ、と言い出す。リツよりさきにアイが、どんな夢、と尋ねた。

い、わ、ない。

みんな、お風呂に入ると、うえで川の字になって寝た。まえの週から、夜は冷えてきて薄手の掛布団を増やしていた。日中は唸っていた蟬たちが影を潜め、もう秋の虫の声しか聴こえなくなっている。リツは、ユキを背に壁のほうを向いた。寝息が耳に入るのもつらく頭まで布団にくるまり、胸やおなかに午後の感触をよみがえらせ、心臓を締めつけられた。いなくなったのは、その翌々日の朝だった。

ヒロ

体をふくらはぎまでおおうレインコートを手に入れて以来、クマオは、晴れた日もレインコートで幼稚園へ通うようになった。下は体操着を合わせるのが心地よいらしい。施設にいるあいだもずっとその恰好で、お風呂に入るとき以外でぬがそうとしたら暴れて泣くそうだ。一方、つねにヒロから新品の服を買い与えられるために他の子たちのやっかみを招き、髪を引っぱられたり持ちものを隠されることの多かった状況は、若干、和らいできた、と説明を受けた。話しあいがおこなわれ、飽きるまでは好きなように着せてあげることになった。

あ、い、も、きたらよかったな。

桜の花のほころんだ週末、初めてふたりで首都へ向う新幹線に乗った。町によって眠たげな水色の空が広がり曇ったり雨が降っていたり、天気は変わる。雪の溶けた山や川、白さぎが体を屈め静止しては羽ばたく田んぼのようすを窓に貼りつき眺めながら呟いたひとことが、ヒロの耳に留った。

いま、なんて言ったの。いっしょに暮してるお友だちのこと?

クマオは、意味深げにほほえむだけでなにも答えず、リュックから園で借りた電車図鑑を出した。いま乗っているやまびこ号のイラストをにやけて飽きずに指さす。西へゆくにつれ、花の散った桜は緑が混じりだした。山や田んぼのあいだに家々が挟みこまれていたのが、割合が逆転し、看板が氾濫し始めビルディングが林立する。

首都へ着くと、電車を二回乗り換えた。クマオは、地下鉄、吊革、トンネル、踏切、名称をいちいち口のなかでくり返す。人ごみにも臆さず、こちらのほうに住んでいた時期があるのだろうかと眼を瞠らせるほどになんなく通りぬけた。信号を渡り、住宅街にある実家へ着く。両親は旅行中なので合鍵で入った。くちびるを半びらきにし、天井から下がったシャンデリア風の灯りを見あげた。

ここは、ヒロ先生、の生まれ育ったおうち。言い聞かせて階段をのぼり、かつての自分の部屋へ入った。ベッドの脇に、美大生だった頃、旅さきで描いた草花の水彩画が貼られたままでいる。おきな、ぐさ。くまがい、そう。まむし、ぐさ。おお、うば、ゆり。クマオは、ひとつずつ指さしよどみなく名前を言えた。おきな、ぐさは、まるめてまりにするよ。

詳しいね、だれに教わったの。感心し訊いても、だまっていた。翁草は、花が終ったあと、下に種子をつけた蕊《しべ》がふさふさと仙人の白ひげみたいに伸びる。毛をひとつにし、手のひらでこね回していたら、長い毛は内側、種子の部分は外側になって、けやけや玉、とか、げやげや玉、と呼ばれるまりになる、というのは本で読んで知っていた。

この花、咲くようなところにいたの？　珍しい花だよ。げやげや？　ぎわぎわ？　そんなふうには、言ってなかった？

しゃら、しゃら、しゃら。

クマオは、ベッドに這いのぼり腰かけて、足をぶらつかせ、最近のお気に入りの絵本に出てくるフレーズをリズミカルに唱えて首を横にふった。

いま、どこにいますか　会えたら、会いたいです

実家を離れ首都に住んで五年めになるというサキから、別れて以来で携帯宛にメッセージが届いたのは年明け早々のことだ。ひょっとしたら、向うもクマオについてのニュースをなにかで知って手放した子と重ねているのだろうか、と思ったりした。やりとりをするうち、あの夜に自分を手伝わせた件についてはいっさい触れないまま、勤めさきが潰れたとか、友だちとシェアするアパートを追い出されるとか、困り果てている事情が伝わってきた。

兄に連絡し、自分の家賃契約の更新のために必要だということにして、十五万、送ってもらった。初期の堕胎にかかる費用は十万から二十万であるのを知り、償《つぐな》いのつもりであげようと思った。教わった口座に振込むと、ありがとうございます、ぜったいに返します、と泣顔の絵文字のいっぱいついた返信が来た。三月に入ったら、あと五万、お借りできませんか、と向うから無心された。こんどは自分の貯金から振込んだ。それより、もっと頼ってみてほしい場所があった。用事があってそちらへ行くから、いちど、お話ししましょ

う、と書いた。

夕飯は宅配ピザですませ、お風呂に入れた。持参したパジャマのうえから再びレインコートを着たクマオが、居間のテレビで首都を走る電車の動画集に見入っているあいだ、もう長いこと押入れに仕舞いこんでいた宇宙の兎のようなぬいぐるみを取り出した。明日、サキに渡すため、リュックへ入れた。待ち合せは都心のカフェを指定されていた。家の近くのファミレスに変更してくれないかというメッセージが届き、了解、とひとこと送った。

クマオ用にベッドを整え、自分の布団は床に敷いた。あの子は上機嫌でシーツに寝そべり、やまびこは楽しかったかどうか訊くと、たのしか、った、素直には言えなそうに返す。そう、じゃあ、連れてきてよかった。いつか、お友だちと乗れるといいね。

囁いたら、頷いて頭から毛布にもぐる。おやちゅみ、声がした。

ヒロは部屋の灯りを消し、クマオに背を向けると携帯で、ぬいぐるみ工房についてあらためて検索した。まだネットの普及していなかった時代に起きた女子高生監禁事件の記事が引っかかる。被害者たちを助けた工房は、ひと夏、話題になった。スクロールしてゆくと、地主の家の生まれだった代表者が、昨年、八十六歳で死去したものの、後継者が販売をつづけている。問いあわせ用のメールアドレスをたしかめ電源を切った。

翌朝は土砂降りで、クマオは、トースターで温めた昨夜のツナマヨコーンピザの残りを頬張りながら、窓の向うから伝わる水音を聴いていた。外へ出たら、駅へ着くまでに、習い事にでもゆくのか大人に手を引かれた赤や黄のレインコートの子どもたちとすれちがい、立ちどまって見送る。ことり保育園でも、誘われると遊びの輪に加わるようになってきた。

こんどは電車を三回乗り換え、サキの住む町へ向う。カフェオレ色をして増水し堤防に迫りそうに流れる川に架かった鉄橋を渡り、最寄り駅に着いた。銀行へ入り、自分用のお金を引き出す。クマオはヒロの横で背伸びし、機械がカードや手帳を吸いこんでは吐きだし、ごとん、と受取口が開閉する仕組みに仰天したようすでいた。またメッセージが来た。具合がわるいのでアパートまで来てくれないか、とあった。

なにか、要りようのものがあれば買っていきますよ
スーパーを見つけ、冷凍うどんに食パン、ベビーリーフの袋詰め、ミニトマト、総菜の鶏ささみカツなどをカートへ入れる。リクエストにはない苺もひとパック買った。クマオは、店内に流れるテーマソングを憶えて外へ出てからも口ずさんだ。携帯の案内を頼りに歩いていった。

あ、どうも。お元気そうで。

ドアの向うから嗄《か》れた声で挨拶してきたサキは、赤く染めた髪の毛さきが内へ巻いて以前より痩せていた。化粧をしておらず、眉はなく、眼鼻立ちはクマオと重なるものがなにもなかった。ヒロの脳内だけで似ていることになっていたらしい。わかっていた。

背中越しに覗く、川に面した奥のベランダのカーテンは閉め切られ、部屋は湿気が充満していそうに暗かった。生ごみっぽいにおいと洗剤、玄関の靴箱に活けられたフリージアの放つ香りが混ざりあい、外まで漂いだしていた。あ、そちらこそ、お変わりなく。鼻に

は血のにおいがよみがえり、シャトーサンマリノへ連れていったのは先週くらいの出来事だったみたいに感じながら、触れないで取り繕い、ここまでクマオを同行させたのを悔やんだ。あの夜、抱かれていたのは、やはり、死んだ子で、サキはひとり、棄てに出かけたのにちがいないという確信が湧きあがって、立っていられなくなりそうなほど膝が震えた。

育っていたなら、同じ年恰好になっていたと連想させる怖れのあるクマオを引きあわせるのは、痛みを呼び起こす仕打ちになるのではないか。荒れて皮のめくれたうえにリップクリームを塗ったくちびるを開閉し、腫れぼったい眼で訊いてくる。

お、こ、さん?

ううん、わけあって預かってて。これ、はい。

お願いされたものを渡したら、眼の下の薄青い隈の辺りをぷっくりとふくらませ、ほほえんだ。あ、にょろにょろ、い、た。クマオは、廊下に出現したなめくじに好奇心を奪われ、うずくまってこちらに背中を向けている。しお、しお、しお。なにやら親密そうに語りかけているあいだにオレンジの耳のぬいぐるみも押しつけ、詳しいことは、あとでメールする、とだけ言った。ドアが閉まり、チェーンまで掛かる音を背に舗道へ降りた。右手で水の滴る傘をさし、左手はあの子とつないで駅まえへ戻る。行き交う人のレインコートへの視線が雨だと気にならないのは楽だった。

いちご、フェア、かいさい、ちゅー。クマオは、ファミレスでも季節限定のメニューを宣伝するアナウンスに即座に反応した。

苺パフェ、食べたこと、ある？
な、い。
あとで、分けて食べようね。贅沢すぎるから、みんなには、内緒だよ。
ないしょだよ。あ、い、にも。り、つ、にも。

ヒロが、サキに会いに首都へ向った四日まえ、アイは、涙を拭くハンカチしか持たないで森へ入り小川に沿って歩いてゆくうち、透きとおった薄水色のすみれの花を見つけた。木洩れ日を浴びて硝子細工みたいに光るのが群れをなしているかと思えば、点々とつづいて咲くそれらの花に引き寄せられて追ううち、自分がどこまで来たのかわからなくなっていった。

山のほうへ入りこんで方向感覚が狂った。地図もなんの表示も見当たらない。迷ったときは、うえへ、うえへ、と先生に聞いたのを思い出し、木の幹に摑まり泥にまみれけもの道をのぼっていった。案外、踏み均されていて、リツは、この辺りまで猟や山菜採りに来ているのだろうか。途中、熊の糞を見つけ、ふきのとうを貪る羚羊の親子ともすれちがった。狐が尾を揺らし道案内をしてくれそうに出没し、見失い、鱗《うろこ》が翡翠色にぬめるのや鉄色のすばしっこい蛇が足もとをすりぬけていった。

熊に食べられてもいい、と考え家を飛び出して、撃退用のスプレーも熊鈴も置いてきたのを、いざ、熊の気配を身近に感じ始めたら、心底、悔やんだ。人を襲うときは、眼を潰しにかかってくるのを知っている。みんな、眼をやられるのだという。

暗くなるまえに、だれの所有か知らない丸太小屋へ辿りついた。小屋のなかは割れた窓の破片が床にちらばり、埃まみれの水屋には瀬戸物の茶碗がならび、黴の生えたマットレスに毛布、火鉢などが置きっ放しだ。片隅に黒い袋が山積みになっていた。においはなく、さわってみると土だった。汚染されているのかもしれず手を引っこめた。

懐中電灯も持ってきていなければ、携帯すらなかった。夜になり冷えこんだら、ブラウスとカーディガン、コーデュロイのズボンにジャケットを合わせていたものの、寒くてたまらなかった。血の巡りをよくするために屈伸をくり返したのち、あちこち、つぼを押しながら、ベールのように射す月の光だけを頼りに壁ぎわに座って時が経つのを待った。おなかがへって喉も渇き、頭が働かなくなってゆく。ユキが消えて初めて、あの子のことを考えていなかった。

代りに脳裏に浮ぶのは、リツの作る山椒味噌を添える筍の春巻き、クミンを入れトルコ風にした鹿の肉団子、野生のきのこのおこわ。牡蠣の柚子胡椒蒸し、季節ごとにわらびが入ったり具の変わるミネストローネ。熱々のアップルパイに洋酒の効いた栗の渋皮煮、つきたての餅に胡桃だれをかけたもの、といった、格別に好きだった料理やお菓子ばかりだ。死ぬかもしれない地点まで自分を追いこんで、やっと、あの人とはもっと上手く向きあえたのではないだろうか、とよぎった。

男嫌いの理由について、入院まえに先生から聞いておけばよかった。本人には、尋ねられやしない。なぜだか、こちらをはなから侮蔑しつづけ、ユキがいた頃もふたりになってからも、自分は認められず信用されていないのが伝わり、ちくちくした。

見殺しにするために捜索願すら出してくれていない怖れもある。なにせ、先生に負けないほどの警察嫌いだ。そう閃くと、吹きだした。うつむき、眼に滲んだ温かい涙を指に取り舐めると、塩けが舌に沁みた。内心、見くだしてきたのは、自分も同じだった。

あれは、なんのことりかな。

屋根の向うから鶯の声が降ってきて眼ざめた。至近距離にいるらしくのびやかに音を転がすのがアンプを通すように鼓膜を直撃し聴こえる。ほー、ほけきょ。けちょ、けちょ、は、う、ぐ、い、す。ユキには、百回くらい問われ名前を教えた。あの子とはもう、夢のなかや、まぼろしとして会えるだけでいいのだと思い切るしかなさそうに感じた。あの子のいた時間は、拾った時からして夢だった。

意を決し外へ出た。尿意を催し木陰にしゃがみ、拭いたハンカチは地面に埋めた。小屋から動かなかったおかげで昼まえには助けられた。ニュースになることもなかった。

リツ

春さき、一時行方不明になったアイは、翌朝、捜しだしてくれた消防隊員の男と、互いにひとめでなにやら感じあうものがあったのだという。齢《とし》はアイと同じで、妻を亡くし子どもたちは家を出ている。文通を始め、リツの承諾も得て下界で泊りを重ねたあと、丘を降ります、と切りだした。もう、わたしは、ここで起きたことは忘れて生きます。姉さんには、お世話になりました。

こちらこそ。売りもの……、ひとつくらい記念にどう。

ありがとうございます、でも、要りません。思い出すから。

森に山百合の揺れる短い夏の盛り、アイは、迎えに来た車に荷物を詰めこみ、ふり向かず去っていった。妹分がつきあってくれなくなったため、リツは、気がつけば冬以降、ユキに会いに出かけることはなくなっていた。三日にいちどは、あの子の事件についてなにか捜査の進展はあったかどうか調べてみるものの、注目度は下がりっ放しのうえに、めざましい情報が加えられることはない。

なにを見ても、あの子を思い出す。ひとりでこなさなくてはならなくなった仕事のあいまに、おもちゃや衣類を処分し始めた。

ご自由にお持ちください
プラレールやミニカーは段ボール箱にまとめて入れて、夜に車を駆り、山ふたつさきの保育園の門のまえに置きに行った。燃やせるものは燃やす。庭で焚火を熾し、ボタンやチャックを取り外した手製のシャツにスカート、ワンピース、ズボン、オールインワンを投げ入れた。灰は柿の木の下に埋めた。居間に飾った絵や彫刻、季節ごとに摘んできた花を活けていた骨董の壺などで価値のあるものは売り払い、ラジオとパソコンがあれば不具合はないと考え、テレビも処分した。

先生の遺言により、下界にあるいくつかの所有物件のうち、月九万の薬局の家賃収入はリツが受け継ぐことになった。このさき、ぬいぐるみは作らなくなっても、ひとりならここで暮してゆける。できれば病気で苦しんで死ぬのは避けたい。だれも見舞いになど来ない。

意識せぬうちに認知症が進み、アイみたいに森から山へ彷徨《さまよ》いこみ、崖から足を踏み外し墜落死するのが、自分には相応《ふさわ》しいと思った。それも即死ならよいが、折れた骨が内臓に刺さったりして悶え血を吐きながら絶命するのはごめんだ。熊に爪で顔を裂かれ、皮膚がべろりと剝がれたところを齧られるのも、想像するだけで倒れそうになる。他の猟師の流れ弾に当たるのなら、即死がいい。痛いのは、なにより駄目なのだ。

眠っているあいだに心臓が停止し、何日か経って、毛布のなかで死んでいるのをだれかに発見されるのが理想だが、発見が遅れて腐乱が始まり鼻の潰れるような臭気を放ち、女か男かもわからぬ姿となり虫が湧きだしたりして、牧場主に迷惑がかかるのは申し訳なかった。

毎日、いずれ訪れる自分の死にかたについて空想を巡らせるうち、夜に吹く風につめたさを感じ始めた。トマトソースもピーマン味噌も、少量を美味しく作るのは自信がない。ひとりなのに三、四人が来年まで食べられるほど作った。スベリヒユも、先生に教わった通り、かごいっぱい刈って茹でて干して保存食にした。気がつけば赤とんぼが舞い出し、ユキが出て行って一年が経っていた。

冬へ入る準備がほぼ終った頃、アイ以来で新入りが来ることになり、最寄りの無人駅まで迎えに行った。午後四時すぎで陽は落ち、二両編成の電車の到着を、プレハブ造りの底冷えする待合室で待った。トンネルの向うからレールの軋む震動が伝わり、眼のまえへ滑りこんでくる。リ、ツ、さん、ですか。お世話になります。手動式のドアから、ローズピンクのスーツケースを持ちあげて降り立ったサキは、ヒールの尖ったブーツを履いた足もとがぐらつき、野良仕事などは合わなそうにみえた。

今日、首都から来られたんですよね。長旅だったでしょう。車へ案内し、背負ったリュックに肩から掛けた猫の絵入りのショッピングバッグ、計三つの荷物をトランクへしまった。助手席に乗りこんでくるとニット帽をぬいだ。スキンヘッドにしていて新しい毛がうす青く生え始めている。自分で剃りました、と呟いた。生まれ変わったみたいになれるかな、と思って。

家に着いたら、精力を使い果たしたらしく疲れきってみえた。サキは、アイの愛用していたパジャマに身を包み、リツが敷いておいたアイの布団へ入り、眠りについた。

翌日の夕暮れ時になってようやく降りてきて、いま、明け方ですか、薄緑のアイシャドウが残った瞼をこすり、居間で胡桃のかごを編んでいるリツに尋ねる。カーテンをあけたままだったウッドデッキの向うに広がる空が深紫からオレンジへ染まってゆくのを眺め、瞬間、かんちがいしたらしい。スリッパを履いていない裸足をすりあわせ、焦った口ぶりでつづけた。

ここ、教えてくれた人に聞きましたが、朝六時起床、夜九時就寝、みたいなルールですよね。わたし、いきなり失格じゃ。

修道院のようなものだと思い込んでいる。

先週までは、忙しかったけどね。いまは、あまりやることがないんです。だから、寝ていたいのなら、好きなだけ寝ていれば。

いいんですか、じゃあ、……お言葉に、甘えます。

サキはもういちどうえへあがり寝なおした。夕飯は少し食べた。ストーブで煮ておいたポトフから、崩れそうになった丸ごとの玉葱を皿に取った。米粉の白い丸パンもひとつ、ちぎってスープに浸し味わった。

翌週、今年初めて雪が積もった。やって来てから十日間あまり、サキは、排泄と日に二回の食事のために下へ降りてくる以外、ひたすら、うえで寝ていた。そのさまは、リツには、拾ってきたばかりの頃のユキと重なった。たまに寝顔を覗きこむと、肌に影が映ってゆれてみえるほどに長い睫毛も、あの子と似ている。食事は、基本、おにぎりと味噌汁かパンとスープを用意すれば満足する。あとは、冷蔵庫から作り置きのものを自由に出してすませている。面倒をみるのは、当然、ユキより遥かに楽だった。

洗濯機に出されている下着はどれも布地が伸びてきているものの色あいや模様が派手で、堅気の仕事に就いていたのではないのかもしれなくて、ストーカーに追われてきたのでは、と想像することがあった。鳥肌が立ってくると、猟銃を携え見回りへ出かけた。牧場主の車の他、だれも訪れはしなかった。珍しく調子がよさそうに起きている時に留守番を頼み用事をすませに出かけた午後、帰りみち、山のうえのほうから丘を見おろした。黒々とした木立の向うに覗く、薄青い雪野にぽつんと建って窓から黄いろい灯りの洩れる家は、人知れず地球外生物を育てる研究所かなにかであるらしくもみえた。いまは繭《まゆ》に閉じこもった状態のサキが、これから生まれなおそうとしているみたいでもあった。

サキはやがて、雨垂れ式に、自分について話し始めた。海沿いの出身で、大津波の日は内陸へ遊びに出かけていた。親しい人を何人か失くし、なにもできなくなった時期があった。美容師の仕事へ戻ることで必要とされ立ちなおっていった。ネットに載ったインタビュー記事も読ませてくれた。まだなにか、秘めている話がありそうに感じた。訊き出しはしない。

ポトフで煮込んだ鹿肉を取りだしてほぐし、マッシュポテトで包み粉チーズをふる。ストーブの炎に入れ黄金色に香ばしく焼きあげるグラタンを、サキは、とりわけ気に入った。日に日に血色が改善されて雪かきを進んで引き受け、屋根に積もったものも降ろすようになった。助かる。二月に入った朝、こんどはリツが起きあがれなくなった。夏からひとりきりですべてをこなしてきた疲れが溜まっていた。サキは、マニュアルを参考にストーブに火を熾した。携帯で検索したやり方で玄米粥を炊き、梅干や漬物を添えてうえへ運んでくれる。

ここは、魔法のポケットみたいなおうちですね。

たしかに、一年さきくらいまで、いちどもお金を使わず生きのびてゆける食べものは揃っている。電気や水道が止まったとしても、火も湧き水もある。トイレは、いざとなったら、乾燥させた水苔を便器へ入れる。これは北欧製で、ペーパーを捨てても大丈夫なすぐれものだ。屎尿《しにょう》ごと攪拌《かくはん》し、落ち葉などと混ぜたら、いずれは堆肥として使えるようになる。

復活すると、リツはサキに専用の鋏で髪を切ってもらった。生きていた頃は先生に任せていて、亡くなってからは自分でどうにかしていた。アイが自分で切っているようすはなかったから、いつも行く郵便局に近いメリー美容室へ通っていたのだろう。こんな雰囲気でどうでしょう。サキのはにかんだ声がして、うたた寝からさめた。力に強弱をつけた指の腹で頭皮を揉まれているうちに、いつもさむけがしている手足の末端まで血が通ってゆくようで、よだれがこぼれるほど弛緩していた。まばたきし背すじを伸ばす。曇りなく磨いた鏡を見せられた。

けさまでの姿より、四、五歳、若返ってみえた。ぜんたいにかろやかになって、見れば見るほど、自分でやる気なく切っていたあいだはひどいありさまだったと突きつけられる。アイはなにも言いはしなかったけれど、さぞ、見苦しかっただろうと今更笑いがこみあげた。いつ以来か思い出せないひさしぶりの心からの笑いをあふれさせるのには抵抗があって口もとが引きつり、え、駄目でしたか、サキが案じて顔を覗きこもうとする。

ううん、けっこう、いいんじゃない。それとマッサージ、また、やってもらえるかな。

ええ、よかったら、毎日でも。

吹雪いている午後、玄関の靴箱を整理しながら、捨てられず放置していた先生の遺品の登山用ブーツから、赤い電車のおもちゃを見つけた。アイがユキに最初に買い与えたもので、あの子が、いたずらで隠したまま忘れ去ったのだろう。スイッチを入れたらまだ電池は切れておらず廊下をじりじりと音を立て走りだして、ここ、ちっちゃい子、いたことあるんですか、居間を掃除していたサキに訊かれた。

夏休みに来た親戚の子が忘れていったのかな、と答えた。三時になると栗のロールケーキを切った。おみやげに貰った紅茶を淹れ、向いあった。

サキさんは、子どもは、すき?

なにげなく訊いてみると、紅茶にはちみつを溶かし入れだまった。リツさんは、と訊き返される。

そりゃ、子どもによるかな。

ずっと、独身、なんですよね。いままでに、生みたい、とか考えたことは、ありませんか。

ないねえ。子どもの頃から、子どもを生むのには憧れたことがない。言うことを聞いてもらえなくて泣き叫ばれたりしたら、かっとなって蹴ったり、口を塞いで窒息させそうな自分の姿が思い浮んでしまって、それじゃ犯罪でしょう。育てるには、お金もかかるしね。

お風呂でユキを抱いた時の自分の姿が叔父と重なり、湯に浸かりながら骨まで冷えきるようだった感覚がよみがえって、声が微かにふるえた。窒息とは、言いすぎた。サキは、リツとしか顔を合わせない生活であっても眼球を傷めそうな用具で挟んで巻きあげることのある睫毛を上下させ、こちらを見つめた。身のうえを聞いたせいもあって、鳶色《とび》がかった瞳には夜の海へとつながる深みを感じる。

なにか眼には見えないものが互いの底のほうで響きあった気がした。わたしもですよ。笑窪《えくぼ》を作り同意してくれた。

この栗クリーム、最高にまろやかでボウルいっぱい食べられそう。栗は、野生の栗ですか。

もちろん。山栗は、植林の栗よりずっと美味しい。熊も、山栗ばかりを好きで食べるから、いつも、熊との取り合いになるの。

ふた切れめのケーキも平らげたサキは、お菓子を作るのに使うブランデーを紅茶にも入れたい、と言いだして垂らした。一気に飲んで咳込み、うしろへ回って背をさすると片手で押し返す。赤く塗った爪はぐみの実を思わせた。自分は、酔っ払わなきゃ大切なことを告げられないんです、というようなことを呟いた。

わたし、殺しました、生みたての赤ちゃんを。

喉を抑えテーブルに突っ伏し呻いて、リツは、なんの冗談かと訝った。首を傾げコップに水を注いで持ってきた。どういうこと。咳のおさまったタイミングで訊いたら、もっとはっきりとした声で同じ文句をくり返す。

ほんとうです。でも、……いま、追われたりは、していません。ゆうべ、いっしょに聞いたラジオのニュースで、……ここから百キロ離れた、廃校になった小学校の花壇から、死後、推定、一、二ヶ月経った女の子の赤ちゃんの死体が発見されたって言ってたでしょう。リツさん、あの時、棄てた犯人が母親なら、丘まで逃げてきたらいいのにね、って、言いました。そうしたら、うちの屋根裏にでも住まわせようか、って。

散歩中の犬が、雪深い地面に埋められていたのを引きずりだして飼主が通報した、という事件だ。もとは、発酵したパン生地の如く弾力に満ちていたはずの手か足、柔い髪の生えた頭、いったい、泥にまみれぶよぶよになり、どの部分からさきに現れたのだろう。どこかもげたり、切り裂かれたりはしていなかっただろうか。

わたしは、山菜採りにもきのこ狩りにもよくひとりで出かけるのに、その手のものの発見者にいままでなったことがないのは、幸運ね、と笑ってつけ足したら、サキも笑ったのを憶えている。ぜったい、見つけたくないですよね、と返し、干した大根葉の味噌汁をお替りした。じつは表情に陰りが滲んでいたのを読み取れなかったのかもしれない。それ、埋めたのは、あなたなわけ。崖っ縁まで追い詰められたような声のふるえから、告白は完全な作り話には思えなくて、自分のひとことに触発され口にしたのだとしても実感が湧かない。台詞を言わされるように尋ねたら、首を横にふる。

いいえ、わたしのは、何年まえかな……、棄て場所がよくて、ばれずにすみました。いままで、だれにも明かしてなかったのに、ひと晩、眠らないで考えて、リツさんには、告げたくなりました。信じてもらえないかもしれませんが。

リツも紅茶を飲み終え、二杯めを淹れた。酒には弱いけれどサキを真似てブランデーを滴らせる。ふたくち、流し込むなり、たちまち脳内は霞みがかり頬も耳たぶもまっ赤になっていそうに熱くなった。

殺したのは、わたしも、同じかもよ。

酔いに任せ呟くと、サキは、え、と声を跳ねあがらせ果物柄のティーカップを皿へ戻し、紅茶は波打った。どういうことですか。

だって、わたしはいままで、だれも生んだことがない。生まないで生きてきたことで、もしかすると生まれていたかもしれない子どもは、生まれなかった、というのなら、それは、殺したのと、似ているんじゃない？

はあ……、うーん、わからないですけど。

水を啜り、ケーキの真ん中に埋め込んだ渋皮煮を口へ運ぶ。甘くほろ苦いのを舌のうえで崩し、リツは、どう答えたらもっともサキの抱える重荷を取り払ってやれるのか、考えた。時効が来るまで逃げきれるよう支えるしかない。

うちの母方の祖母は、戦中から戦後にかけて、七人、生んだ。当時は、八人とか九人の兄弟姉妹って、ありふれていたんだよ、男を兵隊にするために、とにかく、生めよ、殖《ふ》やせよ、という政策が取られていたし、避妊のしかたも広まっていないし。でも、……その娘である母が生んだのは、わたしだけ。わたしは、無よ。それって、この国じゃ時代の変化につれて、はじめから殺す女が増えたんだ、とも言えるんじゃない？

向うは、カップの取っ手に指を絡ませては外し、息を詰め聞いていた。幾度もまばたきしては瞠られる瞳に、手を宙に舞わせては肘を突き、自分と思えぬほど陽気に笑いだす自分が映るのをリツは見た。むかしは、貧しい村じゃ、子どもは生まれるなり水死させたりもしたの。食べさせてゆけないからで、それは、なんの罪にもならなかった。だって、生かしておいても餓死が待っているんだからね。

わたしは人間の男が嫌いで、男、ならだれでも、握ったドアノブにさわるのも嫌。だからここで生きるしかなくて、丘で生きる、というのは、人ひとり殺せるくらいの覚悟が要るのよ、とも口走った。物騒ですね。焦げ茶のペンシルで弓形に描いた眉をさげ、やっと、半ば呆れたように笑ってもらえた。

言ってみて、よかったです、でも、もう、忘れてください。嘘かもしれませんよ。そうね。あなたも、忘れたほうが。

ほんとに、警察に眼をつけられてるわけではないので。巻き込みませんから。そうなりそうになったら、……出ますから。安心してください。

その日の晩から、サキは、再び寝てばかりいるようになった。リツは、徐々に入り始めたぬいぐるみの注文に応じて家と仕事場を行き来し、放っておいた。フランス製の白い琺《ほう》瑯《ろう》鍋に、鹿肉の塊、人参や玉葱、蕪を丸ごと、キャベツはふたつに割って入れ、湧き水を張ってストーブにかける。ハーブの束も忘れない。働いているあいだに食欲をそそるにおいが流れだして、夕方にはサキも降りてこずにはいられなくなる。

ながながと眠れば眠るほどに、酷《むご》い記憶は夢のなかの出来事だったように思えてくる装置が、いつか、発明されないものだろうかとよぎる。丘の家が、せめて、この子にとってそんな場所であるならいい、と願った。

毎日、好きなだけ眠らせてくれたのは、ありがたかったです。おかげで回復しました。でも、……なにか、わたしが気に障ることをすると、その理由を説明もしないで、食べさせてやってるのは自分だから言うことを聞け、って態度に出るのは、よくないです。

サキが、知らずに溜めこんでいたらしい鬱憤《うっぷん》を吐露した手紙を置いて丘を去ったあと、次の新入りがやって来たが冬になるまで暮したあと去り、入れちがいでこんどはふたり訪れ、春が来るとまた去った。だれか若い人が途切れずにいる状態はかつてなく保たれた。どうやら、インターネットの片隅で駆け込み寺だかシェルターとして話題になっており、ちょっとしたブームが起きているみたいだった。

出入りの波は緩やかにおさまり、ひさしぶりに春からひとりですごしていて畑のブルーベリーが実りだした七月の初め、ウェブサイトを経由し、ヒロ、と名乗る女からメールが届いた。

初めまして。

わたしは、現在、M市にある保育園で働いているのですが、ここのぬいぐるみを高校生の頃から宝物にしています。同僚にも愛好者がいて、どんな場所で作られているのか見てみたい、と言っています。いちど、伺ってみても、よろしいでしょうか。

もしや、ことり、とつく職場だろうか。人口三十万ほどの街に保育園は沢山あるから、まさか、と打ち消した。出て行かれてすでに五年近く経った。もう、ずっと、あの子についてのニュースは追っていなかった。いまさら検索してみても、初めの頃に出た情報さえ、容易に引っかからなくなっていた。

いつでもいらっしゃい、と返信した。向うは図に乗った。できれば、子どもたちも連れてゆきたい、と打診してきて、ひと晩考えた。それなら、泊るのはどうでしょう、と書き送った。男は禁制でしたよね、と尋ねられる。三日考えて、まだ陰毛など生えていなそうな中学生以下なら受け入れることにした。狭量と思われようが駄目なものは駄目だ。

やりとりを重ねるうち、当日はヒロと同僚、子どもは十二歳の女の子と十歳の男の子が来ることになった。ユキが健在だったらそれくらいになる。会うのが怖くなった。男は男であるというだけで禁制にすればよかったと悔やんでもあとに引けない。

雪が溶けたから、やっと出てゆけるの、せいせいします。

けっきょく、独裁者なんだなってわかりました。

時折り、去っていった人たちから向けられた物言いが頭のなかで渦巻く。仲が壊れて終ったのはサキだけではない。面と向かって投げつけるように言われたり、メールの文面にあって眼にした次の瞬間には削除したものと、去られたあとで、あの人は、口にはしなかったけれど、こんなふうに言って自分を傷つけたかったのではないか、と思い巡らせたものが混ざっている。

リツは、自分にはこの家を共同生活の拠点としてまとめあげる力はないのだということは、骨の髄までわかっていた。先生も、そこは見抜いており期待していなかった。昏睡へ陥るまえ、手をさすられながら、丘は、あなたの好きにするといい、と呟いたのが最後の言葉になった。

向いていないのは、だれかと暮しつづけることだ。限られた期間、世話をするのは問題なくこなせる。これからは、求められた時だけここをゲストハウスとして開放するのは名案のようで光に感じた。畑の野菜には、いまの時期、トマト、ピーマン、モロッコいんげん、バジル、青紫蘇、胡瓜、南瓜などがあります。ご自由にお使いください。あとは、道の駅で肉でも買ってきて、鉄板などもお貸ししますから、好きにやって下さいますか。自分は極力、客たちに立ち入らないようにしようと考え、ヒロにメールを送った。

八月に入り、お盆すぎ、一行は昼ごはんまですませて丘へ到着した。

カワイ、クマオ、です。小四、です。……クマオ、より、ほんとは、クマ、っていうほうが好きです。今日は、よろしくお願いします。

もじもじと居たたまれなそうに眼を伏せ自己紹介しお辞儀した少年をひとめ見て、リツには、あの子だとわかった。

いなくなったのは、背丈がリツの腰くらいの頃だったのではないだろうか。いまや、肩まで伸びた。髪は段を入れたショートに切り、顔はしゅっとして、うらなりの茄子めいた輪郭へ変わった。縁なしの眼鏡をかけ、くちびるの右下にはほくろがある。白い半袖のシャツを着て、青い濃淡のチェック柄をした風通しのよさそうな布をスカート状に巻きつけ、膝からむき出した足は牛蒡《ごぼう》みたいだ。

人ちがいだ、と自分に言い聞かせる。時鳥の澄みきった声が歪んで聴こえだし、最後にあの子とタオルケットに包まれ肌を合わせていた時に樹々を渡っていた、耳の奥に刻みつけられた啼き声と区別がつかなくなる。クマは、ヒロのお世話になっている人の息子だそうだ。親とは養子縁組をしたのかについては触れなかった。ひと晩泊るだけの間柄で明かすことでもない。

頬がこけてみえて、ものを食べる気力が欠けているのかもしれない、と気になる。リツもこの齢の頃、むかし叔父にされたことの意味を悟り始め、だれにも言い出せず塞いで、食欲が衰えたような憶えがある。それよりまえの自分はどんな子だったのか、上手く思い出せない。

ズボンは苦手で、今日の恰好は、映画で見たインド人のリヤカー引きに憧れてやっているそうです。年代物の薪ストーブに魅かれたらしくしゃがみ、正面に浮き彫りになった狐や牛馬、もみの木を伐ろうとしている木樵《きこり》たち、といったモチーフを見つめているクマの代りにヒロがつけ加え、リツは、さいきんの猛暑にはズボンよりいいんじゃないですか、と答えた。それは本来の好みなのか、受け止められなかった。幼い頃、自分がそうしたものをよく着せていた影響を引きずっているせいなのか、受け止められなかった。背中を丸めた体の奥には、あの夏の終りの午後に秘密裏に触れられた感触がこびりついていて、痕跡はすでに、内側から食い荒らしにかかる熊のように育ちつつあるのではないだろうか。

みんなのリクエストを聞いて、赤紫蘇、梅、生姜のシロップを水か炭酸で割ったのを出した。あの子は、シナモン風味の梅ソーダをのんびりと啜り、ここの、吹き抜けになった天井を仰ぎまばたきした。リツはいままで五年かけて、若い子たちにも手伝ってもらい、家じゅうの家具と壁の色を塗り替えておいてよかった、と微かに安堵した。あの子の記憶を封印するためにやったのが功を奏し、あの子も、思い出しにくくなるかもしれない。テーブルクロス、ソファやクッション、布団のカバーも一新した。自分自身は白髪が増え、おなかが出て以前の服が入らなくなり、遠視が進み眼鏡をかけるようになった。別人だと映ってほしい。

昨年から水洗式を止めたトイレへ客たちを案内する。用を足すごとに、バケツに入れてある乾燥苔をスコップでふりかける。送風機がつねに回っていて外気を取り入れる仕組みになっているため、臭わない。寝るところはこっち、とうえへ案内した。階段をあがる背中越しに、ヒロの同僚の娘と喋るユキのまだ声変わりしていない声が伝わり、ミントのシャーベットを思わせる涼しげにしゃがれたような響きに、つい、耳を引き寄せられる。もう、学校、行きたくない。ここに住みたい、とぼやくのが聞えた。冗談ではない。他の子がそう言うのなら満更でもないだろう、と思いかけ、自分はあの夏以来、すべての子どもという子どもを慈しむわけにはゆかなくなった気がして薙《な》ぎ払った。

これ以上、だれも傷つけないために、ただ、遠ざけておきたい。逃げて、とみずから呼びかけたい。

甘いよ。あんた、カメムシもゲジゲジも死ぬほど嫌いなくせに。

勝気そうな女の子にからかい気味に言われ、あの子はだまりこんだ。二階の窓はあけ放って換気していた。あの子は友だちと歩み寄った。雲の影が動いてゆく、黄緑と深緑の溶けあう荒野の向うに青灰の山なみのつづく光景を眺め、獲物を捕らえて垂直に羽ばたいた鷹を指さし、なんか、見たことある景色、と囁くのを聞いた。友だちは、それ、前世、ってやつじゃないの、と返した。

夢で、こんな家に住んでる気がする。でも、内緒だよ。

ユキは、もっと声を潜めて言い、辺りを見回す。屋根裏への階段にも気づいた。ここは、なんですか、ドアを指さし尋ねる。あそこにある遺影の、銀髪を結いあげて白いブラウスにすみれを束ねたコサージュを飾った先生は、ユキの可愛がられていた時期の姿を留めている。物置だから、立入禁止、と答えた。

全員に、すみやかに帰ってもらいたくてたまらなくなり邪慳《じやけん》に接したくなる。仕事場には大人だけを案内した。ヒロは、水色の耳の兎のまえで立ちどまって訊いてきた。あの、この丘に、サキさん、という元美容師がいたことはありませんか。いろいろあって、わたしがここの話をしたら、いつか行ってみる、と言っていたんです。わたしのほうは、音信が途絶えてしまって。

そんな方は、知らないですね。事情によっては、偽名で来ているかもしれないし。

リツの答えかたに棘を感じたのか、ヒロは畏縮し頭を下げた。ですよね、すみません。すみません、としつこいほどにくり返した。

午後三時、みんなで森へ散策に出かけた。全員に渡した熊鈴が武骨に鳴り響いた。リツは、ひとり先頭に立って歩き、うしろの会話は聞かないよう意識した。あの子の声は厭でもどうしようもなく耳が拾う。カンゾウの花びらは、干してスープにしたら鉄分を取れるよ。根っこは眠り薬になる、などと友だちに教えていた。図鑑にでもあって知ったのか、リツたちの話していたことが頭にすりこまれていて口を突いて出るのか、線を引けないのにも汗が滲む。

いずれ、森のなかに自分でおうちを建てて、自給自足で暮したいから、食べられる草や薬草の博士なんだよね。

ヒロが笑って言うと、リツは、憎たらしい人間をこうしてやりたかったと念じながら鹿の腹を裂き、皮を剝ぐことがいまだにあるのを思い返した。木陰に入り沢に沿って歩いていった。

あれは、なにかな。

岩場へ降り立つと、あの子は初めて、いきいきとした声をあげた。視線を追うと上流のほうを指さしている。両岸から繁った胡桃や桑の葉むらがトンネルを作り、黒に近い深緑の影を映している奥から、ゆらめき漂ってくるものがある。羽衣にみえた。友だちが早かった。しなやかに腕を振りあげ虫取り網を差し向け、流れてくるのを掬った。ヒロも同僚も身を乗り出す。リツは、身を引いた。網から雫を滴らせ重たく水分を吸ったのをひろげてみたら、こまかな花模様をしたショールだった。

あの、なんだと思いますか、これ。ヒロに手招きされ、しかたなく、あの子とは距離を置きながら近づいて見おろした。すみれや鈴蘭、つゆ草に野ばら、きんぽうげが咲き乱れていた。鉤裂きと虫喰いだらけで、メーカーのタグはミシン目に沿い切り取られている。みんな、どいてね。ヒロは、岩に向って豪快に叩きつけて水分を飛ばし、小魚の泳ぎ回る水面へ向って絞った。皺くちゃになったのを引っぱって広げ木洩れ日に透かしてみる。リツはたまらなくなってそのようすを背後から覗きこんだ。みんなに混ざって触ってみると、カシミヤが入っていそうで元は上質な品であったのがわかった。

これは、だれが落としたのかな。

クマが呟き、リツは、わたしのじゃないね、と答え、漠然と憶えのある気がしてきた。

アイが、ここから十キロ以上はなれた山小屋でひと晩すごして見つかった時、道に迷っているあいだにマフラーか何かを落とした、と言っていた。枝に引っかかって首に巻きつき、ほどこうとしたら、熊かもしれない気配が迫り、置いて逃げた。

そのあと、捜しにゆくことはなかった。リツも、ひとりで山へ入ったとき、それらしいものを眼にすることはなく忘れていた。アイと暮していたあいだ、向うの身に着けているものに関心などなかった。こんなものを巻く習慣があったのかどうかは、記憶を辿るほどに怪しくなる。

洗濯して干されていたのが、遠くから飛ばされてきたんでしょうね。猛禽がひなのために巣のなかに敷こうとしたのかもしれませんよ。

ヒロと同僚は推測しあい、あの子は、ぼくが発見者だから貰う、と主張し、知らないうちに、ぼく、と言えるようになっているのをおぞましく感じた。ふるえて岩を踏みしめる。友だちは、わたしが捕まえたからわたしの、と譲らず、引ったくって抱えて元来た道を走りだした。一瞬、ぽかんとなったあの子も慌ててあとを追う。足は向うが速くて、たちまち森から出て陽ざしの降り注ぐ畑の脇をちいさくなり駈ける。子どもたちのあとを、大人たちは歩きだした。クマくんは、六月から不登校なんです。ヒロが達観したような口ぶりで切りだす。

毎日、家に閉じこもって。植物やきのこの他にも、かごや蓑《みの》の作り方の本を読んだり、ノートに書き写したりしているかと思えば、なにかの拍子に暴れだしてコンパスの針で自分の眼を突こうとしてみせたり、両親の手首を摑んで、彫刻刀で指を切ろうとするそうです。クラスでそんな眼に遭ったようで。学校に問い合わせても、先生は認めないそうですけど。今日は、息抜きに連れだしました。……ひとりで、森の家で暮すなんて、たしかに、カメムシ一匹捕まえられない子にはむずかしいでしょうが、夢がひとつ出来たのは、よかった、と応援したくなっています。

そうなんですね。気の入らない相槌を打ち、リツにはなおさら、同じ齢だった頃の自分とあの子とが重なって思えた。心臓を握り潰されそうに息苦しくなる。うちの子は別の学校だけど登校拒否気味で、いま、増えてますよ、と同僚が口を挟む。鍵をかけていないドアから子どもたちはすでに家に入っていて、買ってきた駄菓子を食べ散らかしていた。ごみは、燃えるのも燃えないのも、ぜんぶ、持ち帰ってくださいね。リツはヒロ宛のメールには書いていなかった条件を追加し、ごみ袋を渡した。

夜には一行は、天の川を望むウッドデッキでバーベキューをした。リツは誘いを断り、台所を貸すまえに自分用のおにぎりを作り仕事場へ移った。家のことで質問があるとヒロからメッセージが来る。じかに訊きに来られると、ミシンのまえから動かないでつっけんどんに応じ、向うはすまなそうに戻った。これでいい。虫の声しかしなくなった零時すぎに外へ出た。丘のうえには雲が垂れこめ月も星も隠れていて、家は玄関だけ灯りが点けてあった。暗くした二階からはだれかのいびきが聞え、焼肉のたれのにおいの残ったデッキも台所も、浴室もトイレも、まずまず、きれいにしてあるのを見て及第点を与えた。ひのきの香りの消臭剤を噴きかけて回った。

シャワーを浴び居間のソファに横たわり、冷えてきて毛布にくるまった。壁の向うの、銃を管理した部屋へ駈けこみたくなる。自分の喉もとにライフルを当てて撃ち抜き、頭が吹っ飛び豆腐状の脳味噌が床いっぱいに飛び散る光景がしきりにまなうらに浮んでは、闇のなかで眼を見ひらいた。一睡もできないまま、辺りは薄明るくなっていった。

雲のうえからなにかが縄梯子《なわばしご》を伝い近づいてくる気がした。雪の積もった森に佇む鹿を思わせる気配が押し寄せ、ぺたぺた、居間を歩き回る。はっとしたようにストーブのまえにしゃがみ、動物たちを見つめる姿が浮んだ。台所へも踏み入り、作りつけの食器棚を眺めている気がする。あの子の使っていた木の皿にお椀、お箸、スプーンはもうない。

突き当りまで進み、引き返してきた。また居間を一周し、呼吸を整えるらしく息を吸って吐いて、こちらへやって来る。ミルク飴っぽいにおいがした。耳もとで呼びかけられた。

あの、お、ば、さん。起きてますか。

ユキだ、と悟りながらまだ眠たいふりをして固まった。ソファの背もたれに鼻さきが触れる。いきなり毛布をはねのけ起きあがって牙を剝くように、近寄るな、と怒鳴りつけてやろうか、迷った。学校にいられなくなった子を、これ以上威圧するわけにはいかない気がした。おそらく、すべての根っこは自分がわるい。

眼は瞑ったまま、なんでしょう、と掠れる声を絞りだし訊いた。からからに喉が渇く。まだ、みんな、寝ているよね。あの子はためらいがちに唾を飲み傍らに屈んで、勇気を奮い、こちらの顔を覗きこもうとする。その視線が無数の虫ピンと化し刺さる気がして、逃れるにはうつ伏せるしかなかった。毛布を耳もとまで引っぱりあげる。

あの、ね。きのう、ひろった、布。もってた人は、……そう、なん、した？　熊、に食べられた、とか？

泣きだしそうに裏返る声が毛布を突きぬけ鼓膜へ届き、空っぽの胸のうちに幾重にもさざ波が生まれる。いま、表情は見なくても、あの子は、ここが自分にとってどんな場所だったのか、霧が晴れてゆくように思い出しつつあるのがまっすぐ伝わった。みみっちくはなをすする音の向うに、沢のせせらぎに誘われ森の奥へ奥へ、夢遊病めいた足取りで歩いてゆくアイのうしろ姿が浮んだ。再婚した消防隊員とは別れて、いまは下界のどこにいるのか知らない。

さあ、……わからない。あれ、持って行ってね。置いてゆかれても、焼き捨てるだけだから。

ナイフをふりかざすイメージで呟くと、あの子は、や、く、とロボットと化したようにこわばった声で復唱した。自分まで呑みこみ燃えさかる山火事の光景でも浮んだのだろうか。追及はあきらめ、だまって階段をのぼっていった。箱からティッシュをぬいてかむ音がして、再び、布団へ入ったらしく、しずまり返る。リツは、毛布から顔を出し仰向けになった。大きく息をすって薄目をあけた。居間の空気は黄ばんでいて、デッキへ通じる引き戸のカーテン越しに射す光は頼りなく、雨が降り始めるのがわかった。激しく叩きつける水音が家ぜんたいを包んでゆく。

謝礼はテーブルに置きました。ありがとうございました。

朝七時からリツはなにも食べないで仕事場にこもり、ヒロの一行はそのあいだに布団を畳み身支度をすませ、使った空間を掃除し荷物をまとめたらしい。携帯にメッセージがあり、ふり返った。家のドアがあき、みんなで、しぃっ、と言いあっていそうに低めた話し声と足音がもつれ外へ出てきて順番に車に乗りこむ。見送る気はしなかった。河馬のぬいぐるみに赤いボタンの眼玉を縫いつけながら、山の向うへ去るエンジン音を聞いた。二度と連絡を取れないよう、ヒロの電話番号もアドレスも着信拒否にした。

雨は昼になっても降りつづけ、リツは家へ戻ると偏頭痛におそわれ、くたびれた黒いカットソーとズボンのまま、二階へのぼって布団を敷く気力もなく狭いソファで寝た。夜になると、帰って行った一行に出すつもりで焼いておいて出さなかったブルーベリーマフィンを頰張り、冷蔵庫のどくだみ茶で流しこんだ。むかしはよくあの子も若葉を摘むのを手伝ってくれた。乾かすと飛ぶ爬虫類っぽいにおいはいやがらず、十字架のかたちの白い花はカワラヒワや先生のお墓へ供えたりした。

翌朝も雨は止まず、家じゅうのカーテンを閉め切ったまま、排泄と、マフィンを胃に収めるために起きる以外はソファに沈み、たびたび、自分は生きているのか死んでいるのかわからなくなった。それは理想の状態であるらしく思えたが、ちがう。客を泊めたせいでトイレに普段よりずっと多く溜まった屎尿とペーパーを攪拌するために、蓋をした便座の横についたハンドルを力をこめ回していると、死者は、こんな作業をするわけないだろうと可笑しくなった。

三日めの昼頃にやっと雨があがり、カーテンを光が透かし鳥や蟬の声が聞えだして、雲はちぎれ晴れてゆくのがわかる。やらなければならない仕事が山積みだった。まずは、客の使ったシーツと枕カバーを洗濯する。畑を見回りに行って雑草を刈り、害虫を殺し、盛りのトマトを収穫する。茗荷は放っておくと花になる。いちど崩れたリズムを立て直すのは難儀で、夕方まで体は動かなかった。鴉たちがやかましく呼び交わし屋根のうえを飛び去ったあとで、カーテンをあけウッドデッキを眺めた。薄墨色とばら色に染めわけられた雲が流れ暗くなる青い空の下、ぼろぼろに破れたショールが物干し竿に掛かったまま、風を孕み揺れていた。雑巾にしようと考え取りこんだ。

夜になると、最後のひとつになった、いまにも緑の黴の生えだしそうなマフィンを食べた。明日は早朝に新しい牛乳が届くのを思い出し、手つかずで残っている古いのを温めて、啜った。やっと、二階に布団を敷いて寝る。かつて、あの子を川の字の真ん中にしていた位置に、いまはひとりで横たわる。風がときどき加速しては丘の下の荒野をざわめかせ、森の樹々をしならせ枝さきから昼までの雨の雫をふるい落とし、家を揺さぶった。こん、こん。ドアをノックする音が下から這いのぼって伝わり、まどろみから醒めた。枕もとの時計をたしかめると三時すぎだ。ノックはまた聞えた。

だれですか。

半身を起こし、闇のなかで階段のほうへ向って呟いた。銀色に瞬くような鈴虫たちの輪唱が波打ち響いている。十分、十五分、耳を澄ませていても次のノックは返ってこなくて、なにかの立ち去る物音もしなかった。

灯りを点け、スリッパを履き下へ降りていった。玄関に飾ったきつねのかみそりの花は黒ずみ萎れていた。サンダルを突っかけ土間へ降り、脇に嵌めこんだ姿見に眼をやった。あの一行が来るまえから一挙に十年くらい老け込んだような顔が映り、口もとをおおった。髪は完璧にまっ白く変わり、ろくなものを食べていないせいで頬の肉は削ぎ落とされて蒼ざめ、くちびるはかさつきひび割れている。まばたきをくり返し見入るうち、慣れていった。自分は以前からこうだった。急に老けたように思ったのは、錯覚だった。

あと十年経ったらあの子は二十歳で、ひとり車を駆って山を越え、幼い日に自分に生涯消えることのない爪痕を刻んだリツを撃ち殺そうと、再び丘を訪ねてくるシルエットが脳裏に浮んだ。それまで、自分はここで、健康に注意し惚《ぼ》けないよう、生きていようか。いや、あの子はあの時、ほんとうに夢も見ぬほど深く眠っていて、なんの感触も、じつはおぼえていないのだろうか。

どなたでしょう。もういちど呼びかけ、チェーンを外しドアをあけても丘は風が吹いているだけで、懐中電灯で照らしてみても人影はどこにもなかった。空耳か、生ごみを漁りに来て見当たらなくて、忍び足で森へ帰っていった熊だったのかもしれなかった。

参考文献

安部智穂『森の恵みレシピ　春・夏・秋・冬』(婦人之友社、二〇二三年)
斎藤たま『野にあそぶ』(講談社文庫、一九七九年)

初出　「文藝」二〇二四年秋季号

木村紅美（きむら・くみ）
一九七六年生まれ。二〇〇六年、「風化する女」で第一〇二回文學界新人賞を受賞しデビュー。二〇二二年、『あなたに安全な人』で第三二回Bunkamuraドゥマゴ文学賞を受賞。他の著書に、『月食の日』『夜の隅のアトリエ』『まっぷたつの先生』『雪子さんの足音』『夜のだれかの岸辺』などがある。

熊《くま》はどこにいるの
二〇二五年二月一八日　初版印刷
二〇二五年二月二八日　初版発行

著者　木村紅美
装画　しろこまタオ
題字　柴山素
ブックデザイン　鈴木成一デザイン室＋宮本亜由美
発行者　小野寺優
発行所　株式会社河出書房新社
〒一六二－八五四四　東京都新宿区東五軒町二－一三
電話　〇三－三四〇四－一二〇一（営業）
　　　〇三－三四〇四－八六一一（編集）
https://www.kawade.co.jp/
組版　KAWADE DTP WORKS
印刷　三松堂株式会社
製本　小泉製本株式会社
Printed in Japan　ISBN978-4-309-03946-6

あなたに安全な人

木村紅美

人を死なせた女と男の、孤独で安全な逃亡生活――。三・一一直前の少年の死をめぐる海難事故と、沖縄新基地建設反対デモ警備中の出来事が、「感染者第一号」を誰もが恐れる地で交差する。第三二回Bunkamuraドゥマゴ文学賞受賞作(選考委員:ロバート・キャンベル)。

ナチュラルボーンチキン

金原ひとみ

新しい世界を見せてくれ——。

ルーティンを愛する四五歳事務職×ホスクラ通いの二〇代パリピ編集者。同じ職場の、決して交わらないタイプの女から導かれて出会ったのは忘れかけていた本当の私。

金原ひとみが贈る「中年版『君たちはどう生きるか』」。

腹を空かせた勇者ども

金原ひとみ

私ら人生で一番エネルギー要る時期なのに。ハードモードな日常ちょっとえぐすぎん？

陽キャ中学生レナレナが、「公然不倫」中の母と共に未来をひらく、知恵と勇気の爽快青春長篇。